JN114990

世界最強の
神獣使い
八茶橋らっく
Rakku Yasabashi
大熊まい ●イラスト
Illustration MaiOkuma
UG novels

マグ（主人公）
スキル「デコイ」の持ち主であることから街を追われ、山奥で暮らすことに。
ローア（ドラゴン）
子供っぽい体型を少しだけ気にしている（特に胸）。
マイラ（ケルピー）
水を自在に操る。みんなのお姉さん役だが酒には弱い。

フィアナ（不死鳥）
ドラゴン、ケルピーとは相性が悪いが仲良くやっている。
クズノハ（九尾の妖狐）
王都で一人暮らし。茶飲み友達が欲しくてマグに近づく。

「灼き墜とすー灼炎弩弓《ブレイジング・バリスタ》!!」
あたしの炎、
あの大蛇を貫いてっ!

UG novels

# 世界最強の神獣使い

八茶橋らっく
Rakku Yasahashi
[イラスト]
大熊まい
MaiOkuma

三交社

世界最強の神獣使い

# [目次]

Contents

# プロローグ　外れスキルの少年

「大変残念ですが、あなたが天上の神から賜ったスキルは【デコイ】になります……」

「えっ……？」

神殿の神官から重々しく告げられたその事実に、呆然としてしまう。

俺ことマグは、この神殿のある辺境の街で生まれ育った。

両親は早くに亡くしたので街の人たちに助けてもらいながら、十五歳の成人の儀を迎える今日までなんとか生きてきた。

そしてこれから先はスキルを駆使して働き口を増やし、どうにかやっていこうと、そう思っていたのに……。

「デ、【デコイ】ってあの【デコイ】ですか……!?　常に魔物に狙われ続けるっていう、あの!?」

「……左様ですな」

スキルを鑑定する力を持つ神官は、苦虫を噛み潰したような渋面だった。

この世界では誰しも十五歳となった日、成人の儀を神殿で受けることで神さまから一人一つのスキルを授かることができる。

スキルには剣技を飛躍的に向上させるものから医術を習得できるもの、果ては料理上手になれるものまであるらしいが……中には外れスキルとされる、デメリットをもたらすものも存在する。

特に自分が授かった【デコイ】は、デメリットをもたらすスキルの筆頭として有名だ。

聞くところによれば【デコイ】は授かったその日から常に「周囲の魔物を呼び寄せる」という囮スキルらしい。

だからこそ【デコイ】のスキルを持つ人間は魔物に常に狙われ、永くは生きられないのだとか。

「こんな……こんな外れスキル、どうにかならないんですか⁉」

一縷《いちる》の望みにすがる思いで、神官に訴えかける。

神官は首を横に振って、静かに告げた。

「残念ながら、スキルをもう一度賜ることは不可能です。これも、神のおぼしめしと考えるしかありません。そのスキルを授かることが、あなたの運命だったと。たとえそのスキルによってあなたが不幸を被《こうむ》ろうともそれが定めだったと、受け入れるしかないのです」

神官の言葉は死刑宣告のように、重く深く心に染み入っていった。


自分が【デコイ】スキルを授かったことはどこからか神殿の外に漏れ出し、半日もしないうちに街中に伝わっていた。

ここは小さな辺境の街、噂が広がるのも早い。

けれど重い足取りで家に戻った時には、流石に参ってしまった。

「……何を、しているんですか？」

「何って、お前の荷物をまとめて荷車に乗せているところだ」

「お前はこれから、山奥の狩り小屋で暮らすんだ。狩りの時によく泊まっていたから、場所は分かるだろう？」

見れば街の人たちの一部が集まり、家にあった家具などを荷車にまとめて紐で括っているところだった。

何を勝手なことを、そう喉奥から怒声が飛び出すより先、街の長《おさ》が人だかりの中から出てきた。

それから長はしゃがれた声で言った。

「マグ、お前は【デコイ】のスキルを授かったようだな」

「……はい」

「それはつまり、お前は今この時も常に魔物を引き寄せ続けているということ。もっと言えば、お前を狙う魔物が野山から溢れ出て、次々に街へ雪崩《なだ》れ込むかもしれないということだ」

「それはそうかもしれませんが……！　……だから、街から出て行けと？」

「左様。儂《わし》らとしても、数少ない若者であるお前に出て行けと強いるのは心苦しく思っている。だが、これも全てお前が【デコイ】スキルを得たせいだとして、諦めて分かってはくれぬか」

長は、それきり黙ってこちらを見つめていた。

それから人だかりからは「早く消えろ」「疫病神が」「魔物が出たらどう責任を取るつもりだ」などと言う声が次々に聞こえてきた。

無意識のうちに、拳に力がこもっていく。

――俺だって、こんなスキルが欲しかった訳じゃない。

ずっとこの街でのんびり暮らしていきたいと思っていたし、皆とも上手くやってきたつもりだ。

狩りの時も、土砂崩れに知り合いが巻き込まれて家ごと生き埋めになった時も、魔物のいる山に分け入っての薬草採取だって、全て故郷の皆のために命がけで引き受けてきた。

だからこんな仕打ちを受けるのは、まるで納得がいかない。

……けれど。

「分かりました。俺だって生まれ育った故郷が、魔物の群れに踏みにじられるのは嫌ですから」

この街が故郷である以上、自分のせいで滅んでしまうのは我慢ならなかった。

それに今は天国にいる両親も、この街で育ったのだ。

きっと父さんも母さんも、この緑に囲まれた美しい街並みを残しておきたいと思っている筈だ。

「……今まで、お世話になりました」

「こちらこそ、今までありがとう。山奥で一人となると色々不便ではあるだろうが、幸い山の恵みはある。では、達者でな」

長はそう言ったが、【デコイ】スキル保持者が永く生きられるとは思っていないだろう。

何て汚い方便だと感じてしまった。

用意されていた荷車を引いて、街を出て山へと向かって行く。

後ろからは何人かがこちらを見送っている気がしたが、結局、何も言ってこなかった。

それから山の中ほど、もう誰も見ていないだろうと思ったあたりで。

「……っ」

久しぶりに、頬に涙が伝うのを感じた。

長の判断は、街を守る者として仕方がなかったと頭では分かる。

それでも心の方は、まるで納得できていなかった。

何せ神さまから与えられたスキル一つのために、突然、故郷を追い出されたのだ。

おまけに常に魔物から狙われるという死刑宣告付き。

一体何がいけなかったのだろうかと、途方に暮れる他なかった。

# 一章　天翔ける第一の神獣

「日が暮れる前に着いたのはよかったけど、よく見たら随分と適当にまとめられたもんだな」

山奥の狩り小屋にたどり着き、荷車に縄で括られた荷物をほどいていると、自然とそんな言葉が口をついて出た。

皿のような食器類も力任せに押し込まれたのか一部欠けていて、街の人たちが大急ぎで荷物をまとめている様子が思い浮かんだ。

そんなにとっとと出て行って欲しかったのかと、今では苦笑いしか出てこない始末だった。

「でも、魔物に出くわさずにここまで来れただけマシか」

狩りで山に入る際、魔物があまり出ない道を行き来していた経験もあったからか、小屋までは無事に到着できた。

最悪魔物に出くわしたら荷車を捨てて身一つで走ることも考えていたので、運がよかったと言っていいのか。

それでも常に魔物と出くわすかもしれないという緊張感が体からへばり付いて離れないのは、あまりいい気分ではなかった。

「とりあえず、早いところ荷物を中に入れないと。これからどうなるかも分からないんだし……」

『GUOOOO！』

荷物の一部を小屋の中に運び入れている最中、付近から低い唸り声が聞こえた。

「っ!?　もう来たか！」

この狩り小屋は山に住む魔物の縄張りから離れたところに建てられている。

当然の話だが、狩りの際に泊まって逆に寝込みを襲われたのでは一大事だからだ。

それでもすぐ近くで唸り声が聞こえたということは、やはり【デコイ】が発動していると考えた方がいいのだろう。

狩りで使っていた弓と短剣、それにこれまではあまり使う機会もなかった長剣を携え、急いで外に出る。

小屋の前には既に、十数体もの魔物が集結していた。

「ダークコボルト！　こんな奴らまで誘い出すのか【デコイ】って!?」

『GRRRR……！！！』

狼によく似た頭部を持ち、大人程度の背丈を持つ二足歩行の魔物、ダークコボルト。

奴らはこの山でよく見る灰色の体毛を持つコボルト通常種の派生種だ。

暗い体毛と夜目を活かして暗闇や洞窟で活動し、身体能力も通常のコボルト以上とされている。

どんな魔物でも派生種自体かなり希少でかつ、通常種よりも強力な個体が多いとされるが、こんな奴らまで引き寄せてしまう【デコイ】は文字通り最悪のスキルだった。

「くそっ、やるしかない！」

ダークコボルトの数からして、このままでは逃げ切ることすらまず不可能。

もし逃げるとしてもある程度奴らを叩き、怯《ひる》ませて隙を作らなければ。

状況判断の直後、弦を引いて真っ先に飛びかかってきたダークコボルトの喉笛に矢を突き立てる。

続けて間髪入れずに次の矢をつがえようとするが、その間に二体目のダークコボルトが迫る。

『GUOOOO！』

「くっ……！」

小細工なしで突っ込んできたダークコボルトの爪がこちらに届くより先、弓を手放し長剣を抜き、刺突の要領で胸部を貫き仕留める。

だが、三体目四体目と次々に押し寄せられ、反応する間もなく背中から小屋に叩きつけられた。

その際に弓がダークコボルトに踏み砕かれ、無残に折れてしまう。

「ぐあっ!?　くっ、狩り上手とか言われていた癖にこの始末か……！」

よく狩りを請け負っていたからか、いつの間にか街の人たちから「街一番の狩り上手」なんて呼ばれていたのを思い出す。

多少は鍛えていたからそう呼ばれて悪い気はしなかったし、弓も罠も、何なら徒手空拳だってそれなりに自信があった。

けれど、相手は大自然の中で生き抜いてきたダークコボルトの群れ。

一体二体倒したところで、多勢に無勢では為《な》す術《すべ》もない。

ジリジリとダークコボルトが包囲を狭めてくる中、心に重たい絶望感がのしかかってくる。

「ここまで、なのか……？」

こんな山の中では助けも呼べない、諦めにも似た思いが苦く広がっていく。

そうして理不尽にもダークコボルトに噛み裂かれる自分の姿を想像した途端……諦めを押しのけて胸の中にふつふつと湧き上がってきたのは、怒りにも似た激しい衝動だった。

「……っ、ふざけるな。そんな終わり方はゴメンだ！　最後まで諦めてたまるか……！」

歯を食いしばって震える体に鞭を打ち、起き上がって短剣を引き抜き、長剣と共に両手で構える。

そのままダークコボルトに向き合い、継戦の意思を見せた。

「さあ、どっからでもかかってこい！」

『ＧＵＡＡＡＡＡＡ！』

「ハァッ！」

跳ね飛んで頭上から降ってくるダークコボルトを前転で躱《かわ》し、別のダークコボルトの胸部に長剣を突き立てて貫く。

次いで短剣を振って、その脇にいたダークコボルトの喉笛を……！

「ごは……っ!?」

……掻き切ることは叶わなかった。

背中側から殴り飛ばされたのか、一瞬で宙を舞い、そのまま木に激突。

口の中に鉄臭い血の味が広がっていく。

幸い音からして骨は折れていないようだが、一呼吸ごとに激痛が走って動きが鈍る。

――チクショウ、本当にここまでなのか？

【デコイ】スキルのせいで故郷から追い出されて、魔物に襲われて、食われて終わるのか？

「いいや、まだだ。ここで終わってたまるか……!!」

街から追い出された途端魔物に襲われて終わりなんて運命、受け入れてたまるか。

俺はまだ、こんなところで満足して死ねるほど生きちゃいない。

諦めたくはない。

「死んで、たまるか!!」

喉奥から声を絞り出し、長剣を杖代わりにして立ち上がる。

視界は霞み、よろめく足では満足に立っていられない。

人間の数倍から数十倍もの力を持つ魔物の攻撃を何度も食らって無事でいられるほど、体の方も頑丈ではない。

……だとしても、それがどうした。生を諦める理由にはなりはしない。

「何をやってでも切り抜けてやる。それでいつか満足して逝けるくらいに、この先を生き抜いてやる！」

『GUOOOOOOO！！！』

ダークコボルトが咆哮を上げ、まとめて飛びかかってくる。

構うものかと、長剣と短剣で迎え撃つ姿勢を取った。

……その時、不思議なことが起こった。

「うんうん、よく言いました！　だったらお兄ちゃん、わたしが助けてあげるよー！」

『GURRRR⁉』

鈴の音のような舌足らずの軽い声が聞こえた途端、目の前のダークコボルトが一気に弾け飛んだ。

閃光、いや、落雷を受けて十数体ものダークコボルト全てが丸焦げになったかのような、超常的な光景。

……ただし、その付近にいた自分もただでは済まず。

「ぐぅっ⁉」

「ああっ、ごめんなさい⁉　お兄ちゃん大丈夫⁉」

あまりに凄まじい衝撃の余波で吹っ飛ばされ、真後ろの木に再激突して意識を暗転させた。


「うっ、イテテ……」

体中を包むかのような鈍痛に、沈んでいた意識が引き戻される。

起き抜けのピントの合わない視線の先、目の前にいる女の子と目があった。

「あ、よかった！　目が覚めたんだねー」

薄い蜂蜜色の長髪と雪のように真っ白な肌が特徴的な女の子は、くりくりとした朱色の瞳にこちらを映していた。

……どうやら、この女の子に膝枕をされているらしい。

それに気づいて急いで起きようとしたが、体中に響いた鈍痛に呻《うめ》いてしまう。

女の子は焦ったように制してきた。

「あっ、まだダメだよー。お兄ちゃん、怪我が多くてうまく動けないと思うから」

「らしいな……じゃなくて、ダークコボルトは？　この近くに黒い狼みたいな奴ら、いなかった？」

「大丈夫、わたしが皆まとめてやっつけてあげたから。えへへ」

女の子が指差した先には、体から焦げ臭い煙を上げて倒れているダークコボルトの群れ。

あれほど強力だったダークコボルトが嘘のように倒れ伏している光景に、声を上ずらせる。

「君がやったって……。そんなに小さいのに、もしかして魔術師？」

この世界には魔術師という、火や水、それに風なんかにまつわる不思議な力を扱う人たちがいる。

とは言え、魔術師になるには専用の【魔術師】スキルが必須だが……この子、見た目では十一、十二歳くらいだけれど実は十五歳以上なのだろうか。

しかし女の子は予想とは裏腹に、首を横に振った。

「ううん、違うよ。わたし、魔術はつかわないよ？」

「なら、どうやって？」

聞くと、女の子は俺をゆっくりと起こして木にもたれかからせ、立ち上がった。

「お兄ちゃんからは嫌な感じがしないし、いいよ。わたしの本当の姿、見せてあげるね」

女の子が少し離れた途端、その小さな体から直視できないほどの光量が放たれた。

魔術のような常識外れの力に精通していなくとも、生き物としての本能で感じ取れる。

この子が発している光と力は……およそ尋常なものではない。

普通に暮らしていれば、決して目に掛かることのない類のものだ。

光が収まって目を開けると、女の子は大きく姿を変えていた。

「ふふっ、どうかな？　お兄ちゃん」

「んなっ⁉　これって……！」

目の前に現れていたのは……端的に言えば、爬虫類型の雄々しい魔物だった。

大地を踏みしめる強靭な四肢に、撫でるだけで岩肌を穿《うが》つだろう鋭利な爪。

体を覆うのは太陽の光を反射して輝く、黄金に近い琥珀色の鱗と堅牢な甲殻。

何より特徴的なのは、天に向かい伸ばされた巨大な両翼。

「ド、ドラゴン……⁉」

女の子は小屋よりも少し小さいくらいのドラゴンへと変化していた。

また、人の言葉を話すドラゴンといえば……。

「……まるで、おとぎ話の神獣だな」

「神獣？」

聞き返してきた女の子、もといドラゴンに首肯《しゅこう》した。

「小さい子供が読み聞かせてもらう神話や伝承を簡略化したおとぎ話に出てくる、伝説の魔物のことだ。人の言葉を話したり、ドラゴンみたいに凄い力を持った魔物は大体神獣って言われている」

「ふーん、そうなんだ」

ドラゴンは興味なさげに呟き、女の子の姿に戻ってもう一度膝枕してきた。

「お兄ちゃん。わたしのことはドラゴンとか神獣とかじゃなくて、ローアって呼んで？」

「そっか、ローアって名前なのか。俺はマグ、よろしく……って言いたいところだけど、早いところ俺から離れた方がいいと思う」

「どうして？」

ローアは俺の頭にできた傷のあたりを、優しくさすってきた。

「実は成人の儀でもらった【デコイ】ってスキルのせいで、常に魔物を引き寄せる体質になっているみたいで。いつまでも一緒にいると、ローアもさっきみたいな魔物に襲われるかもしれない」

「むぅ～、お兄ちゃんはドラゴンのわたしがあんなのに負けるって言いたいの？」

「いやいや、そういうことじゃなくて……」

ローアは焼けたダークコボルトを指差し、頬を膨らませていた。

見た目通りの年相応な様子に微笑ましさを感じるが、さてどうしたものか。

困ったので、ひとまずローアの頭を撫でてみる。

するとローアは機嫌を取り戻してくれたようで、気持ちよさげに目をつむった。

「ともかく、一緒にいると魔物が何度も襲ってくる。助けてくれたことには本当に感謝しているから、ローアにはあまり迷惑をかけたくないんだ。だから遠くへ」

「それは嫌」

ローアはまたもや柔らかな頬をぷくーと膨らませた。

「だってせっかくお兄ちゃんの声に引かれて来たのに。すぐ帰るなんてつまらないもん」

「声に引かれて……？」

少考の末、ぽんと手を叩いてみる。

「たまたま近くにいたローアを【デコイ】が勝手に引き寄せたって思えばいいのか……？」

【デコイ】は魔物を引き寄せるスキル。

ならば魔物である神獣も引き寄せられたと、そういう解釈で合っているだろうか。

だがそうではなかったようで、ローアは強めに首を横に振った。

「そういうことじゃ、なーい！　お兄ちゃん、さっき『終わってたまるか』『死んでたまるか』って言って、強く思っていたじゃない。その言葉がお兄ちゃんのスキルを通してわたしに聞こえてきたから、こうして飛んできたの。……もしかして分かってない？」

「……ごめん、【デコイ】ってスキルは魔物を引き寄せるものとしか……」

「しょうがないなぁ～」

ローアは俺を起こして向かい合い、それから膝上にちょこんと座って詳しい説明を始めた。

「まずそのお兄ちゃんが【デコイ】って呼んでいるスキル、わたしたちドラゴンは【呼び出し手】って呼んでいるの。多分、他の強い種族……他の神獣も同じ呼び方をしているんじゃないかな？」

「【呼び出し手】？」

「うん、【呼び出し手】。このスキルは、遠く離れたわたしたちに声や思いを伝えて呼ぶためのスキル。昔から人間とわたしたちが繋がるために必須のもので、時々人間に発現するスキル……って前に故郷の成竜《おとな》から聞いたよ」

すらすらと知らないことを教えてくれるローアは、どこか得意げだった。

「でも、その【呼び出し手】がどうして周囲の魔物を引き寄せるんだ……？」

「それは当然、遠く離れたわたしにまでお兄ちゃんの声や思いが届くスキルなんだから。もちろん他の魔物にだって聞こえちゃうかなーって」

「そ、そういうことだったのか……!?」

ローアの話は、どうにも納得できる内容だった。

ドラゴンのような神獣に言葉や思いを伝えられるほどのスキルなら、確かに他の周囲の魔物にも声が筒抜けになり、その結果としてこちらの居場所が知られてもおかしくない。

つまり神獣に思いを伝える【呼び出し手】スキルの副産物が、悪名高い【デコイ】の正体だったのか。

「それなら、これまでの他の【デコイ】スキル持ちの人もこうやってローアみたいなドラゴンに助けられたのか？　でももしそうなら【デコイ】スキル持ちの人が短命なんて話、出回らないようなな……」

「それはないよー」

ローアはきっぱり言い切ってから、ため息をついた。

「お父さんとお母さん曰く、最近【呼び出し手】スキルを持っている人間も心が汚れているみたいで。あれが欲しいこれが欲しいとかあいつらのせいでこうなったとか、そんな心の声ばっかりみたいだから。ドラゴンはそういう心が曇った人間は助けないもの。あ、でも……」

ローアは可愛らしく、にこりと微笑んだ。

「その点、お兄ちゃんは合格かなーって」

「そうなのか？」

少しドキリとしながら聞くと、ローアは頷いた。

「うん！　だって、ただ精一杯生きていたいっていうまっすぐで強い気持ちが、わたしにもよく伝わってきたもん。だからわたしが力を貸してあげる。わたし、お兄ちゃんみたいな嘘のないまっすぐな心の人間は嫌いじゃないよ？　寧《むし》ろ今時だと珍しいから、もっと知りたいなーって」

ローアは両肩に手を回してきて、くりくりとした瞳で見つめてきた。

その瞳は生き生きと輝いていて、とても綺麗だと思った。

ローアの両肩に手を添えて、まっすぐに瞳を見つめ返す。

「そうだな。俺はまだ、こんなところで終われない。だからローア。出会ったばかりで悪いけど、これから力を貸して欲しい」

「うん、お兄ちゃん。わたしに任せて！」

ローアは腕の中で、こくりと頷いてくれた。

かくして俺は、ローアと共に新しい人生を歩むことになったのだった。

# 二章　爆炎纏いし第二の神獣

ローアがやって来た次の日。

「怪我もあるし、荷物の整理とかは明日にするか」と昨晩ローアと話をしたので、疲れた体を休めるべくひとまず昼近くまで眠る予定……だったのだが。

「ご主人さま、あたしが来たからにはもう安心だよ！　これから先は、大船に乗ったつもりでいてよね！」

朝一番に狩り小屋改め我が家へ飛び込んできた元気一杯の女の子を見つめながら、起き抜けにベッドの上で首を捻る。

この女の子もローアに負けないくらいに美人さんで、肩までかかる赤髪と澄んだ翡翠色の瞳に目を引かれた。

見たところ同い年くらいなものの、スタイルも顔立ちも、全部が全部街にいた誰よりも綺麗で整っていて……うん。

「えーと、ごめんなさい。どちらさまですか……？」

こんなとびきり可愛い知り合い、間違いなく故郷にはいなかった。

それに加えて茶化し気味でも「ご主人さま」とか言っているので、人違いで訪ねてきたのではなかろうか。

問いかけに対し、女の子は臆する様子なく力強く答えた。

「ふっふっふ、誰と聞かれちゃ答えてあげる。あたしは不死鳥の紅一点、フィアナ！　昨日ご主人さまの声を聞いて、まっすぐにここへ飛んできたって訳！」

「不死鳥⁉　……というより俺の声って、まさか……」

昨日も似たような話をした気がすると思った矢先、フィアナは自身の体を炎に包んで一瞬で変身した。

……いやいや、火事になるから部屋の中で発火するのはやめてくれ。

ストレートにそう言おうとしたものの、昨日のローアの時と同様に……フィアナの変身した姿に目を奪われてしまい、ただ見つめるばかりになってしまった。

今のフィアナは、鮮やかな朱色の羽毛を持った巨鳥と化していた。

体の各所からは緋色の炎が吹き出ていて、まるで小さな太陽のよう。

何もかも焼き尽くす豪炎とは真逆の、生命を照らす暖かさを感じられた。

神々しさすら覚えるその姿は、神話やおとぎ話で伝えられている不死鳥そのものだった。

「そう。【呼び出し手】であるご主人さまの『ここで終わってたまるか！』って熱い思い、あたしにもよく伝わってきたよ。だからこそ海を越えて、このあたしが助けにきたって話！」

「う……海ぃ⁉」

この山から海といえば、歩いてひと月以上はかかる。

それをひとっ飛びで一晩とは、驚愕以外の何物でもない。

……ついでに【呼び出し手】スキルの範囲はどうやら海すら越えるようで、そこも含めて喫驚《きっきょう》ものだった。

「海の向こうって、そりゃ近くの魔物なんていくらでも寄ってくる訳だ……」

「うんうんそうそう。海の向こう……ってご主人さま、驚き方がどうも普通だね。何というか、もっと飛び上がるほどびっくりするものだと。それにゆっくり寝ていた様子じゃあ事件もとっくに解決したみたいだし、遅すぎたのかなぁ……」

フィアナは活躍できなかったのが不服なのか、残念そうにしながら人間の姿に戻った。

──正直に白状すると、昨日飛び上がるほどびっくりしたから今日はそれほどというか。

人間、慣れって怖いものだと思う。

腕を組んでそんなふうに考えていたら、下半身に被さっていた毛布がもぞもぞと動いた。

「んっ？　……おいおい、これって……」

嫌な予感がした時にはもう、遅かった。

「ふあぁ……おはよう、お兄ちゃん。朝から誰とお話ししているのー？」

大きなあくびをしてぴょこりと毛布の中から出てきたのは、誰あろうローアだった。

乱した寝巻き姿のまま眠たそうにしながら張り付いてきたローアに、少し焦り気味に聞いてみる。

「ロ、ローア、隣の部屋のベッドで寝ていた筈じゃ……？」

「うみゅ？　……眠かったから、よく覚えてなーい」

いたずらっぽく微笑むローアの様子から、即座に思い至った。

――この子、確信犯だな!?

「それで、そこにいるお姉ちゃんは……あれっ？　この感じは鳥さん？」

ローアはフィアナの方を向き、目を丸くした。

一方、当のフィアナと言えば。

「え、えええええっと……ご主人さま、昨日はお楽しみだった!?」

顔を赤くして、どうにもおかしなことを口走っていた。

「いや待った、その言い方は色々マズい！」

ローアは可愛らしいが、外見は完全に年下の子供だ。

そんなローアにやましいことは一切していない、本当の本当に。

「ん？　ご主人さまって？　……もしかして、鳥さんもお兄ちゃんの声を聞いて来たの？」

「鳥さんって……あんたこの感じ、まさかドラゴン!?　……ってことは、そっちも？」

「「……」」

ローアとフィアナは揃って首を縦に動かし、それからお互いをじーっと見つめていた。

石像のように、両方とも見つめ合ったまま動かない。

「二人とも、どうかしたのか？」

あまり雰囲気がよろしくないような気がして、恐る恐る二人に話しかけてみる。

……次の瞬間。

「「とおっ！！！」」

二人は同時に飛び出し、宙で取っ組み合い出した。

すると当然、二人は重力に従い床に向かう訳で。

「おい危ないぞ!?　……ぐえぇぇ!?」

「お、お兄ちゃん!?」

「ご主人さまー!?」

二人をかばう形で床に飛び出し、無事に二人の下敷きになって伸びる。

……二人とも軽い女の子だったからよかったものの、大人をかばっていたら骨の一、二本くらいは折れていたかもしれない。

そんなことを思いながら、二人を乗せながら床で大の字になるのだった。

「……で、どうして二人とも突然取っ組み合ったんだ」

「「……ごめんなさい」」

しょげた神獣二人をベッドに正座させて、仁王立ちになって問い詰める。

「……実は、ドラゴンと不死鳥って仲が悪くて」

「悪くて？」

「お互いを見たら殴りたくなる仲って言うか、空の覇権を争って何千年って言うか」

「……」

二人の事情は大体分かった。

異なる種族の魔物同士が出くわしたら、威嚇から縄張り争いに発展することはままある話だ。

要するに、ドラゴンと不死鳥はそんなレベルで種族間の相性が悪いと。

「でもだからって、いきなり取っ組み合われちゃ困るぞ。人間の姿だったからまだしも、ドラゴンと不死鳥が本気で喧嘩したら家が吹っ飛びかねない」

「「ごめんなさい……」」

二人は本気で悪かったと思っている様子なので、ひとまず叱るのはここまでにする。

次は事情聴取……というより、さっきから気になっていることについてだ。

「フィアナは俺を助けに来てくれたって言っていたけど、だからってどうして俺をご主人さま、なんて呼ぶんだ？　ちなみに俺の名前はマグだから、そっちで呼んでもらって構わないぞ」

フィアナは豊かな胸の前で腕を組み、首を横に振った。

「いやいや、それはいけないよ。あたしたち不死鳥のしきたりで、自分が心を認めた【呼び出し手】の力を持った人間が現れたら、その人に仕えなきゃいけないの。だから一応、こうしてご主人さまって呼んでいるの」

「んっ、俺の心を認めたっていうのは？」

思わずそう聞けば、フィアナはこちらの胸にぺたりと片手を付けてきて、もう片方の手でサムズアップした。

「それはもちろん、純粋に『生きたい！』って願う強くて熱いご主人さまの心をだよ！　最近の人間は物欲金欲性欲塗《まみ》れって感じだけど、ご主人さまはそうじゃない。純粋にこの先に進みたいっていうか、そんな強い熱を感じたから。『そこまでまっすぐ生きることを望むなら、あたしが力を貸さずに誰が貸してやるのさ！』って思っていたんだけど、さぁ……」

フィアナはちらりと、自分の真横に座るローアを見つめた。

「まさか先客がいたとはね、はぁ……」

「ふーんだ。わたしこそ他のドラゴンどころか鳥さんが来るなんて思ってなかったもん」

ため息をつくフィアナに、拗ねた物言いのローア。

二人の醸し出す雰囲気を感じ取って、思わず後ろ頭をかいた。

「その、ローアもフィアナも力を貸してくれるって言うのは嬉しい。俺だって、ローアやフィアナたち神獣の力を借りなきゃこの先厳しいかもって、正直思っているんだ。だから欲張りなようだけど二人とも一緒にっていうのは……難しいのか？」

「むーん……」

ローアは小さく唸ってから、ぴたりと張り付いてきて答えた。

「わたしはいいよ？　せっかくお兄ちゃんに会えたんだから、すぐに帰るなんてつまらないもん。それに昨日の夜に食べさせてもらった食事も美味しかったし、この家の寝床もふかふかだったし。わたしは我慢してあげる。お母さんたち成竜ほど、頭も硬くないから」

「ローア、ありがとうなっ！」

暖かい気持ちがこみ上げてきて、張り付いていたローアを抱きしめ返す。

「それで、フィアナの方はどうなんだ？」

見ればフィアナは眉間に皺を寄せていた。

「う、ううぅ……。あたしはあまり気乗りしないけど、しきたりもあるし、ここで下がったらそこのちびドラに負けた気もするし。……いいよ、あたしも乗った！」

「フィアナ……！」

これで手を貸してくれる神獣が二人、魔物の襲来にも十分対応できるだろう。

外れスキルのおかげであの世までまっしぐらだと思っていたが、本格的に光明が見えてきた。

「ただしっ、条件があるよ！」

「条件？」

フィアナはそばまで寄ってきて、力強く言った。

「そこのちびドラみたく、あたしも撫でたりぎゅってすること！　ちびドラにやってあげてあたしにやらないなんてこと、今後はなし！　……何か、負けた気がするからっ！」

端から見ればとんでもないことを口走っているように見えるかもしれないが、さっきの説明を聞いた後では、なるほど種族的な意味でドラゴンのローアに負けたくないのかと納得できた。

少しでもローアに劣る扱いをして欲しくない、要するにそういうことなら。

「分かった。俺もこれから色々助けてもらうんだし、約束するよ」

自分の命もかかっているんだから、ローアに負けない扱いをってことなら真面目にやらねば。

ローアにしたように、ひとまずフィアナを抱きしめてみる。

……命がかかっているので下心はない、本当の本当に。

ただしフィアナは驚いたようで「ふぁっ!?」っと声を出していた。

「ごめん、痛かったか？」

「いや、そういうんじゃないけど……。でも人間の体っていいね。こうやって抱きしめてもらうと、暖かくていい気分。不死鳥の体は自由に飛べるけど、こういうことはできないから」

フィアナはそれから胸のあたりですんすんと鼻を動かして、少しの間そのままになっていた。

「……よし！　こんな調子であたしもそこのちびドラに負けない待遇ってことで。これからよろしくね、あたしのご主人さま！」

にこりとしたフィアナの笑顔は明るい太陽のようで、ローアとは別の方向で可愛らしかった。

はてさて、これで一件落着……と思いきや。

「むぅ……。鳥さんの方が、抱っこが少し長かった気がする。それとわたしにはローアって名前があるんだから、鳥さんもそう呼んで」

ローアはむくれて、小さく頬を膨らませていた。

フィアナはローアの柔らかな頬を人差し指で軽く押しながら言った。

「だったらあたしのことも鳥さんじゃなくてフィアナって呼びなよ、ローア」

「分かったよー。……フィアナ」

お互いを名前で呼び合う二人からは、もう取っ組み合うような気配は感じられなかった。

二人とも一緒にやっていけそうで何よりだ。

「さて、ここらで朝食にしようか。お腹も減ったし」

今日は引っ越し翌日で、仕事も多い。

精力的に働くためにも、食事はちゃんととっておこうと考える次第だった。


荷車に荷物諸共突っ込まれていた堅焼きパンや瓶詰め類で、どうにか朝食を整えた後。

目の前でもしゃもしゃとパンを齧《かじ》る二人の手前、少し考え事をしていた。

「食料を安定して得る目処は、早めに立てないとマズいよな……。ひもじいのは勘弁だし」

呟くと、ローアがぴくりと耳を動かして反応した。

「そーだね、お兄ちゃんが持ってきた食べ物もそのうちなくなっちゃうし。それならお兄ちゃん、人里に降りて買いに行くの？　……というよりも」

「どうしてご主人さまはこんなところに住んでいるのさ？　この辺って結構な山奥で魔物も多いし、人間が住むには厳しいと思うんだけど」

ローアとフィアナは二人揃って首を傾げた。

「それはまあ、ごもっともな疑問だよな……」

いい機会だからローアとフィアナには事情を話してしまおうと、この山へ追いやられた顛末《てんまつ》を二人に語った。

スキルを授かり、故郷の街から問答無用で追い出されてしまったのだと。

……すると、話し終える頃には二人の体から尋常ではない気迫が漂っていた。

こう、どう見ても穏やかには見えないというか。

今にも飛び出して行って、何かやらかしそうな雰囲気があった。

「今のお話はちょっとどころか、かなり聞き捨てならないかなーって……フィアナは？」

「うん、今回はあたしもローアに同意」

二人の表情は驚くほど険しく、逆に驚かされてしまった。

「ちょっと落ち着いてくれって。もう過ぎた話だし、これからは二人に助けてもらえるんだし。だからそんなに怒らないでくれよ、俺は大丈夫だからさ」

「まあ、そんなこともあったんだくらいに思っておいて欲しいかな」と笑って誤魔化そうとしたが、目の前の二人に「『笑い事じゃない』」とぴしゃりと言われてしまった。

「そもそもご主人さまは【呼び出し手】ってスキルを、どうして神さまが人間に与えたと思っているのさ？」

「さてな……これまで魔物が寄ってくる外れスキルとしか思ってなかったから、あまり詳しくは考えたことないな」

今は【呼び出し手】と呼んでいる【デコイ】を授かったと知った時は、本当に困った以外の感想が出ない有様だった。

神さまが何を考えているのかなんて思う余裕は全然なかったし、授かる前はそれこそ数少ない外れスキルの一つ、くらいの認識だったのだ。

思案するこちらを見て何を思ったのか、フィアナは肩を落とした。

「ご主人さま本人でもそんな認識なのかぁ……ってなると、人間って長い世代交代のうちに【呼び出し手】スキルを持った人の重要性とか忘れちゃったみたいだね。最近は昔ほど人里への魔物の侵攻も、大災害もないみたいだし」

「うん、そーみたいね……」

フィアナの次に、ローアは静かに話し出した。

「【呼び出し手】はドラゴンや不死鳥に自分の言葉を伝えることができて、万が一の時は助けを求めることだってできる。わたしたちも【呼び出し手】がちゃんとした人なら力を貸したいと思うし、それはもうお兄ちゃんもよく分かっているよね？」

「現に二人がいてくれているからな」

寧ろダークコボルトに襲われた時にローアが来てくれなかったら、きっとあの時死んでいた。

だからローアの言葉の意味は、身をもって分かっているつもりだ。

「なら話は簡単。それってつまり、もしお兄ちゃんが『故郷の人を、魔物の群れや大きな災いから守って』って頼んでくれれば、わたしたちだってそういう方向にも力を貸せたかもってことなの。……あんな話を聞いた後だから、お兄ちゃんの故郷の人を助けようなんてもう全然思わないけど」

ローアの話を聞いているうちに、ようやく要点を理解できた。

「つまり【呼び出し手】って人間じゃ対処しきれない事態が起こった時、神獣を呼んで助けてもらうための橋渡し役も担っているのか」

神獣を呼んで災いを退ける人間とは、それこそおとぎ話の中の住人だ。

それでも神獣のローアがこう言うのだから、真実なのだろう。

俺の故郷の話を思い返してかまた膨れているローアの代わりに、フィアナが答えた。

「その解釈で合っているよ、ご主人さま。と言っても、前にも言ったように近年の【呼び出し手】は声が聞こえても心が汚いからあたしたちもあんまり力を貸さないんだよ。……欲が深い人間って、力を貸してもあたしたちにまで害を及ぼしたりするから、近づきたくないんだよね」

「そりゃ言えてそうだ……」

心底面倒くさそうなフィアナの言葉には、妙な説得力があった。

ドラゴンの鱗に不死鳥の羽根など、神獣を捕まえて得られるような伝説の素材を売り捌けばとんでもない額になることだろう。

桁外れの大金は辺境暮らしの身には無縁ではあるけれど、欲しがる人は欲しがるだろう。

呼び出したついでに神獣を狩ってしまおうと考える不心得者も、確かに【呼び出し手】の中にはいるかもしれないし、いたかもしれない。

「何にせよ、人間ってのは欲深なくせに魔物ほど強くもない。だからご主人さまみたいな【呼び出し手】が稀に現れてはあたしたちと心を通わせ、人の世を守る。……元々、そういうふうにこの世界のバランスを保つためのものなんだよね、【呼び出し手】ってスキルは」

「それなのに、せっかくの【呼び出し手】を追い出しちゃうなんて。お兄ちゃんが引きつける魔物が問題って言っても、魔物の大侵攻や大きな災いに比べればいくらでも対処のしようがあるし、逆にそういう時こそ人間同士団結し合って助け合うべきなのに。まったく、人間はそういうことも忘れちゃったんだね……」

「これで魔物の大侵攻とか起こったら、このあたりの人はどうするんだろ。そもそも【呼び出し手】自体、大きな災いが起こる前に生まれるものって言い伝えもあるくらいだし……」

ローアとフィアナは腕を組んで「うーん」と難しい表情になった。

「まあ、その辺はもうあまり悩まなくてもいいんじゃないか？　いくら考えても、過ぎた話はどうにもならないし。それより今は、今後についてちゃんと考えていこう」

そう、今は何よりも当面の生活についてだ。

長くこの山で狩りをしていたから、幸い土地勘はある。

この山には十分な山菜に多くの獣、それに綺麗な水源もあるから生活はできるだろう。

それでも、今のままでは便利とは言い難い。

三人で生きていくならゆくゆくは畑作なども考えていくべきだろうし、井戸なんかも確保できた方がいい。

とは言えそれも、まだ先の話になりそうだが。

「ひとまず、荷物の整理を手早く終わらせたら出かけよう。まずは飲み水の確保から取りかかる」

「おー！　わたしいつも飛んでいて山の中ってあまり歩かないから、ちょびっとだけ楽しみ。お兄ちゃん、案内はお願いね？」

ローアは手を取ってきて、すぐにでも腕を引いて外へ行きそうな勢いだった。

それからは「早く早くー！」とせがむローアの期待に応えられるよう、荷物の整理と準備を手早く終えて家を出た。

目指すは山頂付近にある泉。

そこなら綺麗な水が手に入ると、意気揚々と出かけたまでは……よかったのだが。

――傾斜のキツい山道を荷車引いて移動するのって、思っていたより体力が要るな……！

水を入れる樽や甕を乗せた荷車を引いて、坂道を登っていく。

泉までは荷車が通れる道も限られているので大きく迂回して行くことになる。

直線距離にしてみれば、結構な道のりになるだろう。

……すると当然、道中でそれなりに疲労が溜まってくる。

体中汗まみれになっていると、ローアとフィアナが各々《おのおの》声をかけてくれた。

「お兄ちゃん、すごい汗だけど大丈夫？」

「ご主人さま、辛かったら代わろうか？」

「いや、これくらいは任せてくれ……！」

ただでさえ【呼び出し手】の副作用で魔物を引き寄せているのだ。

寧ろこれくらいやらなければ、完全にお荷物である。

魔物が出たら二人の力を借りるとしても、それ以外の生活面ではできる限り二人の力になりたかった。

「でもご主人さま、無理は禁物だよ？　あたしたちはご主人さまを助けるためにここにいるんだし。

それにローアから聞いたけど、ダークコボルトから手痛くやられた後なんでしょ？　傷が痛むなら、本当に無理はよしてよね」

フィアナは少し心配そうに聞いてきた。

「本当に大丈夫だからそんな顔するなって。それにこんなの、丁度いいリハビリだ」

このまま山で暮らすなら、体力だって必要になる。

ならこの程度、軽くこなしていかなくては。

「むー、お兄ちゃんがそう言うなら止めないけど……待って」

「ん、どうした？」

ローアが止まったので、フィアナと共に足を止める。

そしてローアはあたりの様子を窺《うかが》うように眺めてから、小さな声で言った。

「もうすぐ魔物が来るよ、足音が聞こえてきたの」

「昨日の今日でまたか……。数の方は？」

「お、あたしにも聞こえるようになってきた。ざっと大きいのが五匹ってところかな……っと！」

フィアナは炎を纏い、姿を不死鳥のものへと変化させた。

ローアもそれに続いて光を纏い、一瞬でドラゴンの姿へと戻る。

その直後、道脇の木々をなぎ倒して巨大な人型の魔物が次々に現れた。

『GUOOOO……!!』

二足歩行の体躯は人間より数回り以上大きく、背の低い木にも届きそうなほど。

大口には乱杭歯が生え、人間を鷲掴みにできそうな豪腕には丸太のような棍棒が握りしめられている。

加えて体色が暗い緑であることなどから、魔物の種類はすぐに判別できた。

「こいつら、トロルか……!?」

トロル、通称人食い鬼。

村や街に一体でも入り込めば数十人は食い殺されると言われている、凶悪かつ強力な魔物だ。

それでもトロルの主食が人間である以上、人口が少ない辺境でトロルが出たなんて話はここ十年遡ってもなかったと記憶している。

となるとやはり……。

「こいつらご主人さまに引き寄せられたみたいだね。なら尚更、指一本触れさせないけど！」

フィアナは素早く飛び上がってトロルの頭上に移動すると、翼から噴出させた炎でトロルの一体を包み込んだ。

『GUUUUU!?』

流石に爆炎の神獣、フィアナの炎は瞬く間にトロルの全身を焦がし尽くし、数秒後にはその身を炭と灰の像へと変えていた。

また、仲間がやられて怯んだトロルの隙を、ローアは見逃さなかった。

「隙ありだよーっ！」

ダークコボルトをなぎ払った時のように、ローアは光線状のブレスを口から放った。

閃光のブレスはトロル二体を飲み込み、その身を跡形もなく吹き飛ばしていく。

『ＧＵＯＯＯＯ！』

仲間がローアとフィアナにやられている間にトロルの一体が地鳴りを引き連れ、重く迫ってきた。

「来るか……！」

逃げても棍棒の間合いから退避しきれないと感じ、反射的に長剣を引き抜いて構える。

こんな剣一本で倒せる相手ではないのも分かっているが、上手くやればトロルから距離を取る隙を生み出せるかもしれない。

覚悟を決めたその時、視界の端に映ったフィアナが不死鳥の姿のまま笑った気がした。

「ただの人の身でトロルに立ち向かうその気概、ますます気に入ったよご主人さま！　これを使って!!」

フィアナの翼から放たれた爆炎が、長剣を包んで輝いた。

直後、長剣の刃が赤く照り輝き、結晶質のものへと変化していく。

「あたしの力を練りこんだ剣、ご主人さまに力を貸してあげて！」

「これは……!?」

新たな力を得た長剣を構え、トロルに向かい両足に力を込める。

すると剣を包んでいた炎が意思を持っているかのように、足をも包み込んでいく。

その炎は不思議なことに、触れていても熱を感じなかった。

それどころか、強い力を与えてくれるようだった。

『GUUUUU!!』

「これなら、やれるか！」

爆炎から不死鳥の力を得た脚力を活かし、一瞬でトロルの眼前まで跳躍。

トロルは目を見開き両腕で頭を庇おうとするが、その動作はあまりに緩慢に感じられた。

跳ね飛んだ勢いのままに長剣を横薙ぎにして、トロルの頭を斬り飛ばす。

残されたトロルの体は、数歩たたらを踏んで倒れ伏した。

「やるじゃない、ご主人さま！」

「フィアナのおかげだよ」

無事着地し、フィアナとローアの方を向く……と。

「むぅぅ、フィアナにいいところ持って行かれた気がするー……」

最後のトロルを倒したローアは人間の姿になっていたが、あまり嬉しそうにはしていなかった。

その横にいたフィアナも人間の姿になり、ローアの小さな肩を軽く叩いた。

「気にしない、そういう時もあるって」

「むーっ、納得いかなーい！」

それから山頂までの道のり、俺は不満げなローアにずっと張り付かれ続けていた。

相変わらず荷車を引きながら進んでいたので少し動きにくかったが、ローアは軽かったので大した問題にはならなかった。

……ついでに、引き剥がしたらローアがよりむくれそうなのでそのままにしておいたのもある。

そうして進むことしばらく、ようやく目的地へと到着した。

「着いたぞ、二人とも。ここが目的地だ」

青々とした木々が生い茂り、涼しげな日陰を作り出している山頂付近。

ここでは地中から湧き水が吹き出し、水面に木々を映し出す美しい泉がいくつも形成されている。

その光景を見たローアとフィアナは歓声を上げていた。

泉の水は今日もよく澄んでいて、水底まではっきりと見える。

一人で狩りに出た時にここを見つけ、それ以降よく通っていたが、こんな形で役に立つ日がくるとは。

世の中何があるか分からないとはよく言ったものだ。

「さて、今日はここから水をもらっていこう。それから近くにある川で魚を獲って、帰りに山菜も採って……あっ」

話している途中、ローアが泉に向かって元気よく駆け出した。

「わたし、いっちばーん！」

ローアはぴょいっと泉に飛び込んで、盛大に水飛沫を上げながら潜った。

「あ、こらローア！　ご主人さまが今から水を汲むって言ったでしょうが！」

「大丈夫。二人にはさっき頑張ってもらったし、フィアナも休んでいてくれ。それにこの近くには泉もいくつかあるし、水なら別の泉で汲めばいいから」

「……まあ、ご主人さまがそう言うなら」

とある泉近くに荷車を着け、樽や甕、それに桶を荷車から降ろして水を汲んでいく。

その最中、ローアとフィアナの様子を少し見てみる。

「フィアナ、足しか浸からないの？　冷たくって気持ちいいよー！」

「馬っ鹿！　あたしは不死鳥なんだから、あんまり濡れたくないの！　いざって時炎の出が悪くなるかもしれないから……って引っ張るなぁ!?」

「えへへ、一緒に泳ごうよ！」

フィアナはローアに腕を掴まれ、泉の中に引きずりこまれていた。

……人間の姿だし大丈夫だろう、多分。

フィアナはその後、泉から顔を出し「やったなちびドラ！」とローア相手に水中追いかけっこを始めた。

その間にこちらはせっせと水を汲み、遊び疲れたローアたちが戻ってきた時にはもう十分な量の水を確保できていた。

「とっても楽しかった〜！　ここ、綺麗でいいところだね」

「そうだろ？　何て言ってもここは、この山で俺が一番気に入っている場所で……んっ!?」

荷車に水の入った樽などを積み終えて、ローアとフィアナの方を向き……思わず固まってしまった。

今更だが、ローアもフィアナも街中に出れば十人中十人が振り向くほどに可愛らしい。

そんな女の子二人が、水で薄くなって肌に張り付いた服を着て目の前にいる。

……要するに、ものすごく目のやり場に困っていた。

特にフィアナはスタイル抜群で胸も大きいだけあって、直視するのが憚《はばか》られるレベルだった。

「……ご主人さま？　あたしの顔、何か付いている？」

「いやいや！　別に何も!?」

急いでそっぽを向くと、フィアナは怪しいと思ったのか目の前に回り込んできた。

「いやいやって、その様子じゃ何かあるに決まっているじゃない。……はっきり言ってよ。あたし、そういうよそよそしい態度は嫌いだからさ」

むすっとしてしまったフィアナの体を直視しないようにしながら、言った。

「フィアナ。服、どうにかならないか？」

「服？　……ああ、そういうこと」

フィアナは濡れて張り付いた自分の服を少し引っ張るようにして見た後、何故かにやにやと笑い出した。

「ご主人さま、あたしのこの格好……結構気にしてる？」

「……す、少しというか若干、みたいな？　ともかく目のやり場に困るからもうちょっと離れて……」

「あたしは別に構わないけど？　寧ろご主人さまに好かれているってことだし」

距離を取ろうとしてもいたずらっぽい笑みを浮かべて寄ってくるフィアナ。

そんなやりとりを見て、またもやむくれたのは誰あろうローアだった。

「うにゃ～っ!! お兄ちゃん、わたしには何も思わないの？ だったらいいもん、脱ぐもん!!」

「ちょ、ちょっと待てって!? 何言っているんだよ!?」

妙な対抗心を燃やして服に手をかけたローアを、必死に止めにかかる。

すると何を思ったのか、フィアナまで服に手をかけ始めた。

「あ、ならあたしも。ドラゴンのローアには負けらんないし、別に見られても減るもんじゃゃ……」

「俺のモノが削れるからやめてくれ!?」

特に理性とか理性とか理性とかが。

……結局、二人の濡れた服については神獣の力でそれぞれ新しいものを用意できることが判明したので、二人には速攻で着替えてもらった。

いやはや、神獣の力って便利だなぁと思った瞬間だった。


泉からの帰り道、川で魚を獲ったり山に生える山菜や薬草なども集めながら、無事に家へと戻ることができた。

しかし心中の方は、あまり晴れやかとは言えなかった。

「……やっぱり、魔物が襲ってくるのは勘弁して欲しいもんだな……」

少し遅い昼食の魚を焼きながら、どうしたもんかと悩んでみる。

水や食料を集めに行く時、毎度ああやって襲われていたら危なっかしくて仕方ない。

魔物対策が急務なのは火を見るよりも明らかだった。

「だったら、わたしがこの辺の魔物をまとめて追い払ってあげよっか？」

ローアは昼食の準備を手伝ってくれながら、そんなことを言い出した。

「まとめて追い払うって、できるのか？」

「うん、やろうと思えばねー。と言っても、わたしが山の近くを飛んだりすればいいだけなんだけど」

「ん？　ローアが飛ぶと魔物が寄ってこなくなるのか？」

つまりどういうことだと思っていたら、皿を持ってきたフィアナが答えた。

「そりゃ妙案かも。要するに他の魔物に対して縄張りを主張するってことね。『ここはドラゴンの住まう山だから手出しは許さないぞ』って」

「そういうこと。お兄ちゃんも分かってくれた？　わたしもドラゴンだから、そういうことだってできるの」

ふふん、とローアは得意げに胸を張った。

「そういうことか。確かにドラゴンに敵《かな》う魔物なんてそういないだろうしな」

ダークコボルトもトロルも秒殺していたローアの力が規格外なのは、この目でよく見ている。

そういうことなら早速飛んでもらおうと提案しかけるが、フィアナから「あ、でも」と待ったがかかった。

「でもローアはそれでいいの？　聞いた話だとドラゴンって一度縄張りを定めたら、一生そこで過ごさなきゃいけないしきたりなんでしょ？」

「なっ、そうなのか!?」

地味に厳しい縛りもあったものだ。

つまりローアは縄張りをこの山に決めたら、一生ここで生きていかなければならないと。

「ローア、そんな大事なことなら簡単にやらなくてもいいんだぞ？　魔物への対処法は他の手を考えればいいんだからさ」

自分のせいでローアは一生この山暮らし、というのもあまりに申し訳なさすぎる。

しかしローアは首を横に振って「いいの」とあっけらかんと言った。

「わたしたちドラゴンは、いつか必ず縄張りを持って一人前になるもの。だから【呼び出し手】のお兄ちゃんのいるこの山で一人前になるのも、ドラゴンとしては悪くないのかなーって。それにこの山大きいし、歩いてみたらわたしに合った地脈みたいだし。だからわたし、この山に来てから調子いいんだよ？　……それにね？」

ローアは寄ってきて、こちらの手を両手で包み込んだ。

「この山をわたしの縄張りにしたって、別に他の土地へ遊びに行っちゃいけないって訳でもないもの。何よりわたしはこの家に住むんだから、家の周りを縄張りにするって当たり前のことでしょ？」

「ローア……」

この先ずっと一緒にいてくれると遠回しに言ってくれたローアに、心が暖かくなる思いだった。

「ありがとう、とっても嬉しい」

撫でてやると、ローアは嬉しそうに頬を緩ませた。

「それとお兄ちゃん。さっきも言ったけど、ドラゴンは縄張りを持って一人前なの。だからこれからは、わたしを一人前のレディーとして扱ってね？」

ローアがそう言った途端、すぐそばにいたフィアナが吹き出した。

「ぷっ……ははは！　まだまだちんちくりんのちびドラなのに、そんな背伸びしてどうするのよ。一人前のレディーになるのは体が成長しきってからでしょ？」

「もうっ！　ドラゴンが縄張りを持ったら一人前って、本当だもん！」

小さな体でぷんすかと怒ったローアを落ち着けるべく、二人の間に割って入った。

「フィアナ、今のは言い過ぎだ。ローアもからかわれているだけだから、あまり気にするなって」

「「むぅ……」」

二人は案外本気だったのか、お互いを半眼で見つめ合っていた。

「こらこら、睨み合ってないで焼けた魚よそってくれよ。それでとっとと食べちゃおう、腹が減っているとカリカリするから」

「「……はーい」」

と、そんなこんなで三人揃って獲ってきた魚を中心に昼食をとった。

綺麗な川で育った魚は、下処理もしっかりとこなしたので臭みもなく美味しくいただけた。

それに山菜と魚でスープも作ってみたが、ローアとフィアナにも好評で何よりだった。

「お兄ちゃんの作るお料理って美味しいね。人間はいつもこういうのを食べているの？　そこはちょっと羨ましいかも」

「料理は人間の文化の一つだし、大体の人間はちゃんと料理したものを食べているよ。寧ろ二人はこれまでどんな食事だったんだ？」

ローアとフィアナは顔を見合わせてから、揃って答えた。

「「獲物のお肉」」

「……なるほど」

それは人間の料理は美味く感じられることだろう。

——これから先、二人にできるだけ美味いものを食べさせてあげられたらいいな。

そんなことを思いながら、まずは今晩の献立を頭に思い浮かべた。

「それじゃあお兄ちゃん、ちょっと飛んでくるねー」

「行ってらっしゃい、気をつけてな！」

昼食を食べたローアは家の前でドラゴンの姿になると、一気に空高く舞い上がった。

「あっという間に行ったね。このあたり一帯を飛んでくるなら、帰ってくるのは夕暮れ時じゃないかな」

一緒に見送りに外へ出ていたフィアナは、小さくなっていくローアの背を見ながら教えてくれた。

「ならローアが帰ってくるまでの間、できることを進めていこうか」

「できることって？」

首を傾げたフィアナに、今後の方針を話していく。

「生活の改善、具体的には畑を作りたいなって。実は昔買ってそのままにしていた作物の種もかなり持ってきているから、色々育てようと思えばできるんだ」

「おー、畑ってあれよね、人間が作る野菜の群生地」

不死鳥のフィアナはやっぱり畑に馴染みがないのか、少し不思議な言い回しをしていた。

畑を野菜の群生地と言っても、間違ってはいないだろうが。

「でもご主人さま、野菜って山で採れる山菜じゃいけないの？　わざわざ畑作らなくても、山には採りきれないくらいに山菜があったじゃない」

「それもそうなんだけど、山菜よりも大抵野菜の方が美味しかったりするんだよ」

山菜はえぐみがあったり煮ると野菜以上にアクが出たりと調理に手間もかかるし、味の方もとっても美味いってほどではないのが大半だ。

だからこそ畑を作って美味い野菜を収穫した方が、食事の質も上がってくる。

その辺の話を伝えると、フィアナは感心したような表情になった。

「ふんふん。正直ご主人さまのところに来るまで人間の食べ物には馴染みがなかったから、あたしにはよく分かんないけど。でもご主人さまがやるって言うなら手伝うよ。これも生きていくために必要なことなんでしょ？」

「そうだな。それに俺、一度広い畑を持ってみたかったんだよ。故郷にあった家には、庭なんてなかったから」

街にいた時は畑作を手伝うこともあったのでノウハウは多少あるが、それでも知り合いの畑だったから自分の好きな作物を……という訳にはいかなかった。

その辺をしみじみと思い返していたら、フィアナは柔らかく微笑んだ。

「なら夢が叶ってよかったじゃない。これから先はご主人さまの好きなように生きていけばいいんだし。あたしたちと一緒に、もっと色んな夢を叶えていこうよ」

フィアナにそう言われると、心が軽くなった気がした。

街を追い出されたものの、確かに今ならいくらでも好きなように生きていける。

畑以外にも、今までやりたくても自由にできなかったことをこなしながら生きていくのは、悪くない気分だろう。

「……まあ、それでも当分は畑だけども。ゆくゆくは他のことにも手を出すとしても、今は土を耕したりしないとな」

多分今日のところは、二人がかりでも土をある程度耕して終わるだろう。

それに今後は耕した土に肥料や腐葉土を加えて土壌の質をよくする他、畑を大きくするなら井戸や水路を作ってまとまった量の水を確保する作業も待っている。

「このあたりは掘れば水が出るって前に街で聞いたし、他にも近くの川から引いてくるって手もあるから、水の確保は意外と現実的っていうのが救いだな……」

ローアもフィアナも神獣としての不思議な力を持っているので、一緒に井戸を掘ったり水路を作ったりするのも不可能ではないだろう。

それでも、二人の負担が少ないに越したことはない。

――本当、井戸でも水路でも次の日には勝手にできていたりしないかなぁ……ってそりゃないか。

益体《やくたい》のない妄想に耽りかけ、頭を横に振る。

「妄想だけじゃ何も作れないし、意味もないな」

実際、水問題はこれから自分たちで解決していくべき案件で、案外どうにかなりそうなのだから。

前向きに考えれば、水問題さえクリアできれば畑だって作り放題になる。

「……そう思えば結構夢のある話だよな、これって」

「ご主人さま、何をぶつぶつ言っているのさ？　畑作るんでしょ？」

考え込んでいたら、いつの間にか下からフィアナが覗き込んできていた。

「いや、何でもない。今から農具を取ってくるから、ローアが戻ってくるまでの間にできるだけ進めておこう」

それからあたり一帯の魔物を追い払ったローアが夕暮れ時に帰ってくるまで、二人揃ってせっせと土地を耕した。

フィアナはやはりというべきか、人間基準でも非常に元気な性質のようで、作業後に泥だらけになってもすっきりとした表情だった。

「たまにはこうやって汗を流すのもいい気分だね！　でも泥だらけになったのはちょっと困ったかも……あ、そうだご主人さま！　泉までひとっ飛びして体を綺麗にしない？」

「おっ、いいなそれ」

「あ、わたしも行く行くー！」

その後は不死鳥姿のフィアナの背に乗り、ローアも連れて泉まで飛んでいった。

フィアナは体から噴出している炎を調整して、背に乗れるよう計らってくれた。

「おお、飛ぶっていうのはこういう感覚なのか」

木々の少し上を滑るように飛んでいると、やはり徒歩とは比べ物にならない速度を感じられる。

加えて体を包む風も心地よくて、いつまでもこうしていたい気分だった。

昼間は水の運搬があったから陸路で泉に向かったが、こうやって飛べるとあっという間で便利だ。

——そうだ、便利といえば。

「やっぱり井戸が欲しいなぁ」

体を綺麗にするのにも水が必要だし、大量の水があれば風呂だって沸かせる。

茜色の空を眺めながら、井戸や水路ができた後の生活に思いを馳せてみる。

……少し苦労してでも、やはり取り組む価値は十分にある。

それなら、明日も頑張っていこうか。

地平線に落ちた陽がまた昇る頃には、休めた体も元気になっているだろうから。

# 三章　清水御する第三の神獣

事件は翌日早朝に起こった。

偶然早くに目が覚め、ベッドから体を起こそうとすると、両脇ではいつの間にかローアとフィアナが寝ていた……というのも割と事件といえば事件だったが。

ともかく目を覚ますために、外のひんやりとした空気に当たろうと外へ出た。

……するとこれまた、予想外のことになっていたのだ。

「はっ？　……えぇぇぇっ!?」

少し先では、昨日望んだ通りに井戸が出来上がっていた。

それも石組みの、急造というよりは大分立派な代物。

当然、昨日の時点では家の前であるこの場所には何もなかったし、ただの更地だった。

そして、何より。

「～～～～」

鼻歌交じりに女の人が井戸から水をくみ上げているのを見て、思わずぽかんとしてしまった。

何というか、魔術で幻でも見せられている気分というか……そう、言い表すなら。

あまりに突飛な光景で、どこから言葉にしていいのか分からなかったのだ。

そうやって固まった後、口から出た言葉といえば。

「あんなに悩んでいた水問題、解決したのか……!?」

歓喜と驚愕が入り混じった、心の底からの素直なものだった。

井戸へ近づいて行くと、女の人はくすりと微笑みながら話しかけてきた。

「あら、おはよう。早いのね」

「今日はたまたまですけどね……」

女の人は透明感のある青髪を腰まで伸ばしていて、こちらを見つめる瞳には柔和な印象があった。

雰囲気は落ち着きがあり、いくらか年上にも感じられる。

それに顔立ちもスタイルもフィアナに負けないくらいによくて、最近美人さんと知り合うことが多い気が……いやそうではなく。

「俺はマグ、そこの家に住んでいる者です。あなたは一体？」

尋ねると、女の人は自分の胸に手を置いて話し出した。

「わたしはマイラ、しがない水の精といったところよ。そういうあなたは……なるほど。やっぱりあなたが【呼び出し手】さんなのね？」

マイラと名乗った女の人は、即座にスキルを看過してきた。

相手のスキルを看破する能力を持つのは基本、神官やそれに連なる職業の者のみであるが。

ここ最近似たようなことが二度もあったので、この人の正体を何となく察せた。

「俺が【呼び出し手】スキル持ちだと分かるってことは、まさかマイラさんも神獣ですか？」

「マイラでいいわ、それに敬語も不要よ。まあ、自己紹介もほどほどにしておいて……」

マイラは井戸水の入った桶を手渡してきた。

桶の中の水は、泉の水にも負けないくらいに澄んでいた。

「少し飲んでみてくれないかしら？　せっかくあなたのために作った井戸の水なんだから、感想を聞かせて欲しいわね」

「俺のためにって……」

マイラの言葉の意味を少し考えて、はっと閃いた。

「井戸が欲しいって強く思っていたからか？」

ローアやフィアナの時のように、こちらの思いが声として届いて、わざわざ助けに来てくれたとしたら。

マイラは「その通りよ」と話を続けた。

「【呼び出し手】が水に困っているなら手を貸してあげる、それがわたしたち一族に古くから伝わる掟だから。それにあんなに強く『井戸が欲しい』って聞かされたら、気になって来てしまうわ」

なるほど、自分のために井戸を作ってくれたなら、ここは素直に水をいただくべきか。

桶に手を入れてよく冷えた水をすくい、すっと飲んでみる。

「おお……！」

泉の水も街の井戸よりずっと美味い水だったが、この井戸の水はそれに匹敵するほどだった。

口当たりが優しいというか、後味や喉越しがいいというか。

気がついた時には、追加で数度飲んでいた。

「ふふっ、喜んでくれたようでよかったわ。わたしも一晩頑張った甲斐があったというものね」

「水には困っていたから、本当にありがたいよ。でもこんな立派な井戸をどうやって一晩で？」

聞くと、マイラは少し井戸から離れて地面に両手を付けた。

すると地面から青い光が漏れ出し、みるみるうちに水が湧き出してきた。

「触れただけで……!?」

「地下に眠っていた水を呼んだだけ、大したことじゃないわ」

マイラはさも当然のように言ったが、人間の自分からしたら十分以上に大したことだ。

流石に神獣、最早何でもありに思えてくる。

これは伝説にもおとぎ話にもなる訳だと感心していたら、マイラがウインクしてきた。

「驚くのはまだ早いわよ？　それっ！」

マイラは湧き出した水を粘土細工のように自由に操り、近くにあった大岩をいくつも軽々と持ち上げて三角錐状に組み上げてしまった。

「ざっとこんなものね。一晩でわたしが井戸を作れた理由、分かったかしら？」

マイラの力の凄まじさを感じ、頷いた。

「これだけ自由に水を操れれば、井戸を掘るのも石を組み上げるのも簡単ってことか」

「それにわたしは水を浄化する力も持っているから、掘ったばかりの井戸でもすぐに水を使えるようになるの。便利でしょう？」

マイラは少し得意げな様子だった。

もしかしたら、さっき飲んだ水はマイラの力で浄化されていたから美味しかったのかもしれない。

ここまで話を聞いてマイラの力については色々と理解できたものの、それでもまだ気になることがあった。

「ところでマイラって、何の神獣なんだ？」

実は水を操る神獣は何体もおとぎ話に出ていて、何なら水を操るドラゴンだって出てくる。

まさかローアの親戚だったりするのだろうか。

「答えはわたしから言ってもいいけれど、それだと面白くもないから。ちょっと当ててみてくれるかしら？」

「当てろって言われてもなぁ。……中々候補が絞り込めない……」

本格的に思考が迷宮入りしかけたその時、家から誰かが出てくる気配があった。

「ふあぁ～、お兄ちゃん外にいたんだねー。起きたらいなくてどきっとしちゃった……うん？」

家から出てきたローアは眠たげだったが、マイラを見た途端に目を丸くした。

「うわぁ、びっくり。ケルピーさんはわたしも久しぶりに見たかも」

「ケルピー？　それって水棲馬の？」

ケルピー、それは神馬の一種である水棲馬。

さっきマイラに見せてもらった通りに水を自由自在に操る権能を持ち、河川や湖沼、果ては海の大波すら治めるとおとぎ話で伝えられている。

ローアの言葉を受け、マイラは肩をすくめた。

「あらあら、この分だと隠していても仕方がないわね」

満更でもなさげに言ったマイラは、自身の体を水で包んでその姿を変化させていく。

空色の体躯は、通常の馬よりも少しすらりとしたシルエット。

純白の鬣《たてがみ》は柔らかな雲のようで、朝日を受けて虹色に輝いている。

また、何より目を引かれたのは額から生える立派な一角。

澄んだ空色に輝くその角は、朝日だけでなく自ら淡い光を放っているようにも見えた。

「おお～、それならわたしも！」

ローアの方も光を纏い、マイラに合わせて琥珀色のドラゴンへと姿を変えた。

「そう、あなたはドラゴンなのね。【呼び出し手】だけじゃなく天空の王者にこんなところで出会えるなんて、光栄よ」

「わたしも山奥でケルピーさんに会えると思ってなかったから、ちょっと嬉しいかも。それにそこの井戸、やっぱりお兄ちゃんのために作ってくれたんだよね？　お兄ちゃん困ってそうだったから、本当にありがとう」

「いいのよ、これもわたしの役目だから」

二人の相性は悪くないらしく、自然な雰囲気で談笑が始まった。

……いやはや。

「ドラゴンと不死鳥みたいな特殊な組み合わせじゃなかったら、初見でも神獣同士、こうして打ち解けるものなんだな……」

そのまま少し、おとぎ話の中に迷い込んだような気分で二人のやりとりを眺めていた。

せっかく来てくれたマイラをそのまま帰すというのも悪いので、一緒に朝食でもどうかと誘ってみたところ。

マイラは人間の食事が気になったようで、人の姿になってから興味津々といった面持ちで家に入ってきた。

「すぐに朝食を支度するから、マイラはそこの椅子に座っていてくれ」

「あ、わたしも手伝うー！」

山菜や前の家から持ってきていた干し肉、それにまだ残りのあるパンなどを取り出し、ローアの手も借りながらてきぱきと朝食を作っていく。

その様子を見ていたマイラは、ふと不思議そうにしながら話し出した。

「こんな山奥に住んでいるのに、たくさんの食材が揃っているのね。……というより、どうしてあなたはこんな山奥で暮らしているの？」

「やっぱり気になるよなぁ……」

ローアやフィアナにもこう聞かれたあたり、神獣から見てもこうして山奥暮らしなのは大分風変わりであるようだった。

朝食の準備をしながら、前にローアやフィアナに打ち明けたように話してみる。

街を追い出されて、ローアやフィアナと出会ったこと。

それで今は生活を豊かにするために畑も作ろうと思っていて、そのために井戸が欲しかったのだと。

「……事情はこんなところだ。だから井戸を作ってくれたマイラにはとても感謝しているよ。マイラに助けてもらえなかったら、この先かなり苦労していたと思うから」

「あなたも大変だったのね……。でもだからこそ、力になれてよかったと思うわ」

話を聞いてから、マイラは少しだけしんみりとしていた。

あまり暗い話はするものじゃないなと、思わず後ろ頭をかいた。

「話した俺が言うのもあれなんだけど、マイラもそんな顔しないでくれよ。もう過ぎたことで、今はローアやフィアナと力を合わせてやっているんだからさ」

「そう言えば、さっきの話にも出てきた不死鳥のフィアナさん、今はどこに？」

言われてみれば、今朝はまだフィアナが起きているところを見てない。

「あー、それなら多分」

まだ寝てるんじゃないか、と言おうとした途端。

「お、往生しろぉぉぉっ！　ケルピー!!」

ドアを蹴り破る勢いで、寝間着姿のフィアナが勢いよく居間に現れた。

しかも手には昨日使った農具を持っているオマケ付きだった。

……何だろうか。

フィアナがマイラに対して、妙な警戒心を持っているのは言動からよく分かった。

しかし着ているものと持っている武器？　があまりにもちぐはぐで締まっていなくて、横にいるローアが小さく吹き出していた。

「ぷぷっ。朝からはしたないよ、フィアナ。そんなんじゃお兄ちゃんに嫌われちゃうよ？」

「えっそれは嫌だ……じゃなくて！　ご主人さま、何であたしたちの家に朝っぱらからケルピーがいるのさ!?」

若干泣きそうなフィアナが猛抗議してきたので、窓から見える井戸を指差して説明する。

「井戸を作ってくれたみたいだから、お礼に朝食をと思って」

「……ふーん、ケルピーなら一晩もあれば十分か……」

フィアナは井戸を見て素早く状況を理解したのか、落ち着いた様子で呟いた。

だがすぐに慌てて我に返り、農具を構え直してマイラの方を向いた。

「でもよりにもよって水棲馬のケルピーって!?　不死鳥のあたしと相性最悪じゃんか！　それにドラゴンといい、ご主人さまはあたしの天敵を引き寄せすぎだっ!!」

「そんなこと言われてもな……。でもフィアナ、マイラも暴れるつもりはなさそうだから落ち着いてくれ。それとすぐに朝食ができるから着替えてくること、いいな？」

「そう、彼の言う通りよ。わたしの一族は、確かに炎を操る不死鳥とあまり相性がよくないかもしれない。でも、わたしだって力を貸した【呼び出し手】の前で暴れるほど愚かではないわ。それは本来の力を解放していないあなたも、同じ考えではなくて？」

落ち着き払った物言いのマイラに、フィアナはたちまち後ずさった。

「うっ、ううぅ。そりゃあたしだってご主人さまに怪我させたくないし……」

フィアナはトボトボとした足取りで、着替えに部屋へ戻って行った。

居間からフィアナが出て行った後、マイラはくすりと微笑んだ。

「あの子、自制のできるいい不死鳥ね。感情と一緒に力を火山みたいに噴火させない不死鳥って、とっても稀なのよ？」

「そうなのか」

「そうなのよ」

生まれてこのかた、当然ながらフィアナ以外の不死鳥は見たことがない。

だからフィアナ以外の不死鳥については、どうにも想像し辛かった。

「【呼び出し手】さん。ケルピーのわたしがこう言うのも少し変だけれど。あの子のこと、ちゃんと大切にしてあげてね？」

「それは当然。フィアナは俺のために、わざわざ海まで渡って力を貸しに来てくれたんだから」

フィアナは明るくて、それでいてよく気も遣ってくれる。

だからこれから先も大切にしていきたいと思っているし、ずっと一緒にいられたらと思う。

……そう、改めて考えていたところ。

「むぅ……」

目を細めて物言いたげにしているローアが張り付いてきた。

「もちろんローアのことも大切だから、拗ねないでくれよ」

「ふふん、よかった～」

頭を撫でてやると、ローアは頬を弛緩させていった。

そんなこちらの様子を、マイラは微笑ましく眺めていたのだった。


マイラを交えての朝食をとってから、俺たちは外へと出ていた。

目の前には昨日耕していた、畑になる予定の開けた土地が広がっている。

……そして、それを眺めながら少しだけ困惑していた。

なお、その理由はローアにあったりする。

「なあローア、今から種を蒔いても全然育たないんじゃないか？　時期も違うし」

手元の種を見てから、ローアの方を向いた。

今自分が持っているのは、トルメの種だ。

赤く熟した実は甘みいっぱいで、綺麗な清流で冷やしたものにかぶりつくとより一層美味しく感じられる、俺一押しの野菜である。

けれど今は種を蒔く時期から大分外れてしまっているため、上手く芽が出るかすら心配だ。

しかしローアは畑作計画を聞かせてからというもの「そういうことならわたしに任せて！」の一点張りだった。

ローアが今もそんな調子だったからか、フィアナは怪しいものを見る視線をローアに送っていた。

「本当に大丈夫かな、このちびドラ……？　ご主人さまがせっかく持ってきた種を無駄にしたら、承知しないからね」

「ふーんだ、いいから見てて。……さ、お兄ちゃん。いいから数粒蒔いてみて？」

「分かった」

とりあえず、ローアの言葉の通りに種を蒔いてみる。

ローアも自信ありげな様子なので、何か策でもあるのかもしれない。

種を蒔いて土を被せて、マイラが持ってきてくれた桶に入った水をかけて……。

「こんな感じでいいか？」

「うん、ばっちり！　それじゃあいくよー……それっ！」

ローアはしゃがんでから、種を蒔いたところに両手をかざした。

それから神獣の力を使ったらしいローアの両手からまばゆい光が漏れ出して、地面を照らす。

……すると。

「なっ!?　ご主人さま、もう芽が出ているよ！」

フィアナの言うように、種を蒔いたところから次々に芽が出ていた。

「んなっ、嘘だろ!?」

「……流石はドラゴンね」

近くで見守っていたマイラも、これには驚いたのか目を見開いていた。

「ふっふっふ～。お兄ちゃん、驚くのはまだまだ早いよ。よーいしょっと！」

ローアが両手を真上に向けて移動させると、それに従い芽がぐんぐんと育っていく。

そうしてローアが腕を真上に上げきった時にはもう立派に成長しきっていて、その上、真っ赤に熟した実がいくつもなっていた。

「「……」」

フィアナと一緒に呆気にとられて、ぽかんと目の前のトルメを見つめてみる。

当のローアは満足げに二の腕でおでこの汗をぬぐってから、駆け寄ってきた。

「どう、凄いでしょ？」

「ああ、これは本当に凄いと思う。ドラゴンって作物を一気に成長させることもできたんだな」

ローアの力が凄まじいのは今更だが、まさかこんな芸当も可能とは。

神獣万能説である。

嬉しそうにするローアは、そのまま説明を始めてくれた。

「えーと、ドラゴンにも色んな種類がいるんだけどね？　わたしのおじいちゃんって、実は大地の力を操る地巌竜《アースドラゴン》なの。だからわたしもその力を受け継いでいて、大地に根を張る植物の成長を助けてあげられるの！」

「おお、そうだったのか」

地巌竜《アースドラゴン》とは、おとぎ話の中では大地を生み出したとされる存在だ。

他には岩肌だらけの更地だった地表を緑豊かにした、という言い伝えもある。

大地の化身とも言える地巌竜《アースドラゴン》の力を受け継いでいるなら、ローアのこんな能力も納得できるというもの。

……最近突飛なことが多すぎて、我ながら理解したり納得するのが早まっている気がするのは、多分気のせいではないだろう。

「それでお兄ちゃん。この実、食べてみて。美味しくできたと思うから！」

ローアはトルメの実をもいで、手渡してくる。

今朝のマイラの時みたく、言われたままに一口。

「……美味い！　ローア、本当に美味いぞ！」

実を口に入れた途端、みずみずしさと甘さが口いっぱいに広がった。

これはもう野菜というより果物ではないか、そう感じられるほどだった。

「えへへっ。それならご褒美に、もっと撫でて欲しいかなーって」

そう言って抱きついてきたローアを撫でてやる。

最近こうしていると、本当にとびきり甘えん坊の妹ができた気分になる。

ここまで素直に甘えられると、悪くない心持ちだ。

そのままローアの気が済むまで撫でていると、フィアナとマイラもトルメに興味があったのか実をもいでいた。

「幸せオーラ全開のローアはさておき、美味しいってご主人さまが言うならあたしも一つ」

「それならわたしも頂こうかしら」

フィアナとマイラは揃って実を口にした。

途端、二人はあっという間に頬を緩ませていった。

「人間の食べ物も馬鹿にできないね。美味しい物も食べられるし、人間の姿も悪くないかも」

「わたしも同感。それにこの姿だと、色んなものが食べられそうね」

満足げなフィアナとマイラの姿を見ていると、こちらも暖かな気持ちがこみ上げてくる。

これからも頑張っていこう、そんなふうに思えた。

「ローア、この調子で他の作物も育てられるか？」

「うん、耕した畑があればいっぱいできるよ？　この土地の地脈、前にも言ったけどわたしにとっても合っているから。力がたっくさん湧いてくるの！」

地巌竜《アースドラゴン》の血を引くローアは、どうやら前にも聞いた地脈というものからエネルギーを得られるらしい。

恐らく自然界の魔力がよく集まる場所を、ローアは地脈と呼んでいるのだろう。

——要するに、ローアはこの山にいれば力をたくさん使えて、さっきのトルメみたく作物も一気に育てられると。

「しかしそうなると、もう畑ってより農園規模のものだってやろうと思えばできるんじゃ……？」

広い畑にたくさんの作物、何とも夢のある話だ。

自分で蒔いた種から作物を育てて、と時間をかけてやるのもロマンがあるが、そういうことはもっと余裕ができたらやればいい。

何にせよ、我が家の食糧事情が一気に解決まで見えたのは朗報だった。

「ご主人さま。なら今日は一日かけて土地を耕しちゃおっか？　ご主人さまとあたしたちで頑張れば、夕暮れ時までに家の前の土地はあらかた耕せるよ！」

フィアナはもう既に農具を持ってきていて、やる気満々といった状態だった。

「それならわたしもお手伝いさせてもらうわ。ケルピーの姿ならいざ知らず、この姿での人手は歓迎でしょ？」

マイラの方も、力を貸してくれると張り切っていた。

「よし、なら一気に進めよう。作物を安定して収穫できれば、毎食美味いものが食べられる！」

「「……！」」

ローアとフィアナは目を輝かせ、早速作業に取り掛かった。

「あらあら、二人とも気合十分ね。さっき頂いた朝食、とっても美味しかったから二人の気持ちはわたしにも分かるけど、ね？」

微笑んだマイラに、苦笑を返す。

「別にローアやフィアナを餌付けしたつもりは全然ないって」

「そういう意味ではないのだけれど……ふふっ。でもあんなに美味しいなら、わたしも餌付けされてもいいかもしれないわね」

マイラは話を終え、ローアたちの手伝いを始めた。

声も静かで落ち着いているからか、マイラが意味深なことを言うと冗談かどうかがいまいち分かりづらい。

「やっぱりマイラには不思議な雰囲気があるな……」

そんなことを感じながら、皆に負けじと鍬《くわ》を振るっていった。


もうじき陽が沈む時間帯、目の前には耕し終えた土地が広がっていた。

面積的には一体家何軒分だろうか、ともかく当面畑をやっていくには十分な土地を耕せた。

「結構耕せたね、ご主人さま……！」

「もうくたくた〜」

「皆ご苦労さん、おかげでかなり進められた」

家の前が比較的開けた土地だったのもあって、木の根にもあまり邪魔されずに作業を進めることができたのは幸いだった。

泥だらけで座り込むフィアナとローアは疲れ果てた様子だったが、マイラが持ってきてくれた冷たい井戸水で息を吹き返していた。

フィアナはすっきりとした表情でマイラに言った。

「……ぷはぁっ、生き返る〜！　あんた、ケルピーの割にはいい奴だね！」

「そういうあなたこそ。こんなに美味しそうに水を飲んでくれた不死鳥は初めてよ」

フィアナはマイラへの警戒を解いたようで、それを感じてほっとさせられる。

それからマイラは桶に水を入れてこちらにも持ってきてくれた。

「お疲れさま、あなたも大変だったでしょう？」

「大丈夫、これくらい平気だ」

水を飲んで、ふぅと息を吐いた。

体を動かして熱が篭《こも》った体には、冷たい井戸水が心地よかった。

「疲れたなら疲れたと言ってもいいのよ？　あまり無理はしないで、ね？」

マイラはそう言い、神獣の力で服を作るのと同じ要領でタオルを作り、顔を優しく拭ってくれた。

「いや、自分で拭くから……」

「気にしないで、わたしが好きでやっていることだから」

くすりと微笑んだマイラに、なすがままになる。

マイラはどうも、世話焼きな性格らしかった。

「それと【呼び出し手】さん。この後、少し来てもらってもいいかしら？」

「ん、どうかしたのか？」

ひとしきり顔を拭われてから、マイラに連れられて畑とは反対側の方向、家の裏へと向かった。

ここもそれなりに開けた土地だったが、畑がある方と比べれば広さ的には庭と言えるようなところだった。

「二人から離れたってことは、内緒の話でもあるのか？」

「ううん、そういうことではないの。あの二人は疲れていそうだったから、休ませてあげようと思ったただけよ」

マイラは庭の真ん中あたりでしゃがみ、地面に手をかざした。

そして手から神獣の力特有の淡い光を発して、何かを調べているようだった。

「ふんふん……やっぱり。昼間から少しだけ感じていたのだけれど、家の裏側近くにも水が流れているわ。わたしの力なら地下の水を引っ張ってきて、ここにも井戸を作れるけれどいかがかしら？」

「ここにも井戸があったら、それはそれで便利だな」

畑の方の井戸ほど家と離れていないから、水浴びも楽になる。

それに片方の井戸に問題が起こっても、もう片方を使えると思えば気も楽だ。

「だったら、今から作ってしまうわね」

マイラは力を使おうとしたが、それに待ったをかけた。

「畑仕事も手伝ってもらった後だけど、休まなくて大丈夫なのか？　じきに日も暮れるし、今日は泊まって明日やってもらっても……」

「心配ありがとう。でもわたしはあの二人ほど働いていないから、大丈夫よ」

マイラは思いの外、余裕ありげな様子だった。

それからマイラは両手を付いて、地面を青く輝かせた。

「この分ならすぐに水を誘導できそう。地中で他の水脈と混ざらないように上手く調整もできそうだし……あらっ？」

「問題発生か？」

力を使い出してすぐ、マイラが突然目を丸くしたので何事かと近寄っていく。

それからマイラは少し言いづらそうに答えた。

「その、ごめんなさい。わたしが水脈だと思って引き寄せたものなんだけどね」

マイラが手を付いているところから、ゆっくりと水が溢れてきた。

……いや、よく見たら湯気も立っているし、独特の匂いも薄らとする。

「これ、まさか？」

「ええ、どうやら地中で沸いていたお湯のようね。……失敗しちゃったみたい」

マイラは染み出してきたお湯を両手ですくい、苦笑いした。

「ごめんなさい、ケルピーにもたまにはこんなこともあるのよ。でも少し遠いけれど、別の水脈をここに誘導できれば……」

と、再度力を使おうとしたマイラへ即座に言った。

「いや、寧ろ温泉ならこのままで頼みたい！」

「……へっ？」

マイラは変な声を出して首を傾げた。

一方の俺は、内心小躍りしたくなるほど嬉しさでいっぱいだった。

何せ温泉が湧いて出たのだから、当然ではある。

世間一般には、風呂は水や薪なんかを大量消費する贅沢品とされている。

しかし目の前に出ているのは天然温泉、いくら使っても勝手に湧いてくる。

これはもう、この場所は井戸ではなく露天の温泉にするべきではなかろうか……！

「その、【呼び出し手】さん？　このお湯が出たのってそんなにいいことなの？　とっても嬉しそうだけれど」

神獣は温泉に浸かることがないのか、マイラはさも不思議そうに聞いてきた。

「正直に白状すると、二つ目の井戸より嬉しいかもだ。ちなみにマイラ、この辺を岩で囲って人間が座って浸かれるくらいにお湯を溜められないか？」

「それは問題ないけれど。というよりお湯に浸かるの？　水浴びではなくて？」

「ああ。人間ってお湯に浸かって疲れを取るものなんだよ、それがまた中々いいんだ。マイラも浸かってみればきっと分かるさ」

「不思議な文化もあったものね……このお湯、確かに体にいい成分が入っているけれど」

マイラはいまいち要領を得なさそうにしていたが、それでもケルピーの力でお湯を鑑定すると頼みを聞いてくれた。

「それなら水漏れ防止と排水路も考えないと。後は温度も調節して……」

マイラは色々と呟きながら、神獣の力でてきぱきと水を粘土細工のようにこねて岩などを接合させ、作業を進めていった。

……今更だが、ケルピーの力は水温すら自由に変えられるのか。

水に関しては本当に何でもありなのだなと、マイラの作業風景を眺めながらしみじみと思った。

真夜中になるまでには温泉は形になったものの、マイラ曰く水量調節や濁り、それに排水などが問題ないかを改めて確かめたいので今日は入らないで欲しいとのことだった。

けれど一日中やっていた畑仕事で体が火照っていたので、今日に限ってはいつも通りの水浴びでよかったかもしれない。

ローアやフィアナ、それにマイラが水浴びをした後、水浴び場でゆっくりと体を綺麗にしてから家へ戻って行く。

その途中、できたばかりの温泉を物珍しそうに眺めるローアとフィアナの姿があった。

「二人とも、温泉が気になるのか？」

「あ、お兄ちゃん。このお湯、あまり嗅いだことのない匂いがするなーって。飲めるかな？」

温泉の匂いをくんくんと嗅ぎながら、ローアは聞いてきた。

大丈夫かって聞かれると……そうだな。

「いや、ここにあるお湯は飲むためのものじゃないからやめた方がいいぞ。ドラゴンでも腹を壊すことがあるかもしれない」

「ふぇー、そうなんだね……」

ローアは感心したように言った。

そしてローアの横にいるフィアナは、温泉を見て複雑そうな顔をしていた。

「ご主人さま、これって本当に入っても大丈夫なの？　……ダシ取られそうなんだけど」

「釜茹でじゃないから大丈夫だって」

フィアナは炎を司る不死鳥なだけに、大量の水やお湯が苦手なようだった。

「それに人間の姿なんだから、泉の時みたいに問題はないと思うぞ？　逆に入っていて気持ちいいって思うだろうし」

「まあ、ご主人さまが推すなら今度入ってみよっかな……？」

フィアナとローアは温泉に指を突っ込んだりして、まだまだ興味津々といった様子だった。

この分だと二人はまだ中には戻らないだろうということで、一足先に家に戻る。

すると何やら、マイラが戸棚の手前で力なく座り込んでいた。

「マイラ、どうかしたのか？　腹減ったとか？」

ローアもフィアナも腹が減った時は大体ふらふらしている。

マイラも似たような状態になっているなら、早いところ夕食の支度をしよう。

そう思って踵《きびす》を返したら、後ろからマイラに袖をぐいっと引っ張られた。

「うおっと!?」

マイラは華奢だが意外と力が強く、危うくこけそうになった。

一体何をするんだ、そう言いかけながら顔を上げると……。

「【呼び出し手】さん、何だか視界が揺れてる……ひっく」

目の前には赤く艶っぽいマイラの顔があって、思わずドキリとしてしまった。

だがその直後、マイラの豊かな胸に抱かれている物を見て、思わず声を出した。

「んなっ!?　まさかマイラ、その瓶に入っていた酒全部飲んだのか!?」

「うぇ？　お酒……？」

ダメだ、明らかに呂律《ろれつ》が回ってない。

マイラは完全に酔っ払っていて、それでぐったりしているようだった。

「しかもその酒の度数、結構高かったような……」

ちなみにマイラに飲まれた酒は、いつか成人したら飲もうと思って数年前にこっそり入手していた代物だった。

それでも成人した途端に街から追い出されて酒どころではなかったので、ここに来た時点で戸棚にしまっておいたのだが。

「またどうしてそんなものを飲もうと思ったんだ？」

「お水みたいだったから気になって、それでちょっと飲んで確かめてみようと……ひっく」

「ケルピーの本能みたいなもんなのかなぁ。さっきも湧き出たお湯の成分を鑑定していたし」

それに話からして、瓶が透明でなおかつ中身も無色の酒だったのが災いしたらしい。

しかし神獣でも酔っ払うものなんだなと、そこは少々意外だった。

「まあ、飲まれたものは仕方ないか。マイラ、今夜はもう休まないか？　部屋まで案内するから……おっと!?」

「ふへぇ……」

マイラは顔を真っ赤にしていて、立ち上がろうとして危うく倒れるところだった。

咄嗟に支えたものの、マイラの体にはまるで力が入っていなかった。

――こうなったらやむなしか。

「抱えて行くけど、怒らないでくれよ？」

「ふあぁい……」

マイラを抱きかかえ、そのままローアとフィアナの部屋に向かう。

この家は一応「狩り小屋」とは呼ばれていたが、元々は随分前に人が住まなくなった家を改築したものなので、数人なら余裕をもって生活できる程度には広々としている。

だから小屋と言っても、ベッドや寝具もある程度の数が用意されている。

マイラをローアとフィアナが使っていないベッドの上に寝かせ、部屋を出ようと立ち上がりかけた……が。

「待って」

後ろから抱きついてきた暖かい感触と甘い匂いに、鼓動が早まる。

「マイラ……？」

「……お願いがあるの」

マイラの声はまだ若干呂律《ろれつ》が回っていなかったが、それでも静かで確かなものだった。

それから少し間をおいて、マイラはゆっくりと話し出した。

「わたしの一族には少し面倒なしきたりがあって、それについてなの」

「しきたり？」

そう言えばローアたちドラゴンにも、縄張りを決めたらずっとそこで暮らすという決まりごとがあった。

強大な力を持つ神獣は何より自由に見えて、その実結構な縛りの中で生きているのかもしれなかった。

「わたしたちケルピーは……そう、水を司る神獣なんだけども」

「……おいおい、まさか酔いすぎて自分の正体すら怪しいのか？」

そう聞いてみたが、酔っているマイラの耳には届かなかったらしく、話が続いた。

「けれどその力は扱いが難しくて……ひっく。いくつもある水脈から望んだものを引き寄せたりするのって、結構繊細な作業なの。それでわたしみたいな若いケルピーは故郷を出て、修行と経験を積まなければならないしきたりが……あったと思うんだけど、あれっ？」

「ちょっ、記憶まで飛ばれると不安なんだが……。つまりマイラは修行中の身で、旅の途中にここに来てくれたんだな？」

マイラはにへらと笑いながら「そういうことよ」と首肯した。

……酔っているせいか、若干首がくてんとしていた。

「そこで肝心のお願いなのだけれど。わたしをしばらく、この家においてもらえないかしら？　この山は水が豊富で、修行をするにはもってこいの環境に思えるの。それに井戸や温泉の調整とか、わたしもまだまだ役に立てると思うから……ね？」

マイラは肩へと腕を回し、赤い顔を近づけてきて「どうかしら？」と囁いた。

容姿が綺麗なマイラに迫られて、先ほどから鼓動が速まりっぱなしだ。

加えて酔っているマイラの行動は逐一大胆でかつ色っぽく、答える声が上ずってしまった。

「もしマイラがこの家にいてくれるなら、俺も嬉しい。今だってローアとフィアナがいるから、今更一人増えたって平気だよ。それにこの先もマイラが留まってくれれば井戸も温泉も安心だし、こっちからお願いしたいくらいだ」

「ふふっ、そう言ってくれると思っていたわ。……ありがとうね」

「いや、お礼を言わなきゃいけないのは俺の方だ。井戸から温泉から、本当にありが……マイラ？」

もたれかかってきたと思ったら、マイラは既にすうすうと静かな寝息を立てていた。

「……酔いが回って寝ちゃったか。それならマイラを寝かせて、部屋を出……」

ようと思ったところ。

「お兄ちゃん、わたしたちのお部屋で何かやってるのー？　……あっ」

「ご主人さま、戻ったけど……えっ」

外から帰ってきたローアとフィアナが、こちらを見て固まった。

また、俺とマイラの姿を客観的に考えてみると……。

——うん、これは薄暗い部屋で抱き合っているようにしか見えないな。

ああこれはと思った次の瞬間、頬を膨らませたローアがぴょいっと飛びついてきた。

「マイラだけずるーい！　わたしも、わたしもー！」

「あ、ご主人さま！　そこのちびドラも抱っこするならあたしも公平にっ！」

「わ、分かった、分かったからいっぺんに飛びつかないでくれ!?」

流石にまとめて抱きかかえられず、三人を上に乗せて仰向けにベッドへと倒れた。

……でも、こうして皆と一緒に横になる夜も悪くない。
三人の温かさを感じながら、その日の晩はそのまま眠りについたのだった。

# 四章　故郷からの刺客

マグを山奥へ追放してからしばらく。

辺境の街周辺ではある変化が起こっていた。

それは魔物の姿がほとんど見られなくなったということである。

街の長をはじめとしたマグを追い出した者たちは、山奥にいるマグの方へ魔物が引き寄せられた結果だろうと考えていた。

だが、魔物を引き寄せる災いの元となるマグが万が一にも街に助けを求めて戻ってくるようなことがあれば、それこそ一大事となる。

そこで長はマグを追い出した者の中から【遠見】スキル持ちの男を密偵として送り出し、山奥の狩り小屋近辺の様子やマグが「無事食われたか」を確かめてくるようにと言い含めた。

密偵となった男は【デコイ】スキルを授かったマグはもう魔物の腹の中に収まっているだろう、様子など確かめてくる必要はないと考えていた。

しかし山奥に足を踏み入れた途端、ことの異質さを理解した。

「魔物がいないのか？　コボルトの姿まで見えないとは……」

彼の持つ【遠見】スキルは、鬱蒼と木々の茂る土地であっても遠方を見通すことができる。

だからこそ……山奥に入った途端に分かったのだ。

あたり一帯には魔物の姿がないどころか、木々についた爪痕のような魔物の痕跡すらも古くなりつつあるものばかりだと。

ならばマグはどうなっているのかと急いで狩り小屋の方へ向かい、ある程度近づいたところで再度【遠見】スキルを行使する。

……そして狩り小屋の周囲の様子を確認して、密偵はあまりの変わりように瞠目していた。

「これは農園、か……？　こんな短期間に一体どうやって⁉」

狩り小屋の前には広々とした畑が広がり、みずみずしい実が立派に育っていた。

それに狩り小屋の裏側の方を覗くと、何やら木の塀が出来上がっているのが見えた。

あれは何かと近くにある高い木に登り、木の塀の中を覗き込み……彼は二度驚嘆の声を漏らした。

「まさかあれは風呂か⁉　あの広さ、まるで貴族の浸かる湯船ではないか！」

風呂は多くの水を運ぶ労力が必要な上、薪などの貴重な資材や燃料も多く消費する贅沢品だ。

水浴び暮らしの辺境の人間なら誰もが大きな湯船に浸かる夢を見るが、狩り小屋の裏にある石造りの巨大な湯船は夢がそのまま現実に出てきたようだった。

さらに当のマグは、昼間から湯に浸かっていた。

それも……見目麗しい女性を二人も侍らせて。

この距離だとマグが何を話しているのかは分からない上、どうもマグは二人を見て焦っているようではあるが。

今彼の中に渦巻いているのは、マグに対しての羨望だった。

「……許せん。今この時も街の仲間たちは額に汗して働いているというのに、あいつは遊んで暮らしていたのか！」

自分が仲間と共にマグをあっさり切り捨て追い出したことを棚に上げ、彼は一人憤っていた。

確かに裕福とは言えない辺境の街や村暮らしに比べれば、今のマグの生活環境の方がよほど自由で満ち足りている。

また、暴風と共に突然自身をすっぽりと覆った巨大な影に、思わず上を向くと。

「これは……っ⁉」

一瞬で過ぎ去った巨大な影は、悠々と空を飛んでいた。

四肢と強靭な翼を持った天空の王者……ドラゴンの雄々しき姿に、彼は言葉を失った。

そしてドラゴンは獲物と思われる獣を前足に抱えており、あろうことかマグの暮らす狩り小屋の方へと降りていった。

「そういうことだったのか」

密偵は全てを理解した気になった。

マグが【デコイ】であのドラゴンを呼び寄せたから、街どころかこの山全体から魔物たちは恐れをなして逃げ出したのだと。

加えてマグは狩り小屋のすぐ近くをねぐらにしたドラゴンのおかげで偶然命を繋いでいるのだと。

る。

「あんな危険な魔物が街に降り立てば、どれほどの被害が出るか分からんぞ……！」

ドラゴンは神獣として語り継がれている存在だが、同時に途方もない力を秘めているとされている。

マグが間抜けにもドラゴンに手を出し、怒らせた上に街へ逃げ帰ってくると思うと……抑えられないほどの悪寒を覚えた。

「やはり街から追い出さず、あの場で殺しておくべきだったのだ」

そう忌々しげに呟いた直後、密偵は先ほどのドラゴンがこちらを向いていることに気がついた。

「……っ、見つかったのか⁉　……いや、この距離でそれはない。何より木々と葉の影に隠れているのに見つかる訳が……！」

しかしドラゴンは視線を逸らさない。

それどころか、自分のことをじっと見つめているような気すらした。

「……っ⁉」

呼吸が荒くなり、背筋が凍りつく。

ドラゴンから敵意らしいものは感じられないが、それでも見つめられているというだけで押し潰されそうなほどの圧力を感じた。

「く、くそ！」

冷や汗を流し、息を切らせながら、密偵は全速力でその場から逃げ出す。

これ以上はいけない、自身の本能が警鐘を鳴らしているのを感じながら、彼は山を下って行った。

＊＊＊

マイラが温泉を作ってから数日。

「ふはぁ、最高だな〜！」

調整を続けていたマイラからようやく入っても大丈夫と言われたこともあり、俺は昼間から温泉に浸かっていた。

「せっかく温泉に入れるようになったし、今日くらいはのんびりしてもいいよなぁ。最近畑を耕す他に、狩りにも出かけていたし」

そう、ダークコボルトに折られた弓をどうにか修理してからは、獣を捕らえに山の中を動き回っていたのだ。

魔物以外の獣、たとえば野うさぎや鹿などはローアの縄張り主張にも逃げ出さずに山に住み続けていた。

聞けばローア曰く「あれは魔物を追い払っていただけだからね」とのことだった。

ともかく最近の狩りのおかげで、我が家の食卓にはよく肉料理が出てくるようになっていた。

「今日はゆっくり疲れを抜いて、また明日から頑張るんだ……」

暖かい温泉に浸かっていると、体中の疲れが溶け去っていく気分になる。

それにこんなにも広い湯船に浸かるのは初めての経験で、それだけでも気分がいい。

だんだんと気持ちよくなってきて、このまま寝そうだ……と、その時。

「ご主人さまー、あたしたちも入るよー！」

「せっかくだから、失礼するわね？」

突然聞き慣れた声がして、反射的に真後ろを向いた。

ついでに、何故か正座になってしまった。

「……ご主人さま、どうしたのさ？」

「いやいや、どうしたもこうしたも……！」

直接見なくても、フィアナが「？」と首を傾げているのがなんとなく分かった。

「水浴びもそうだけど、人間って温泉に浸かる時は基本的に男女別なんだよ。たとえばほら、時間帯をずらすとか……って、先に言っておくべきだったか……」

これはあくまで人間の常識、神獣であるフィアナたちが知らなくても仕方がない。

それに二人は気にしないかもしれないが、二人ともスタイルのいい美人なのでこちらがドギマギしてしまう。

どうしようかと悩んだ矢先、マイラが言った。

「それって、わたしたちがタオルを巻いていてもいけないのかしら？」

「へっ……？」

ちらっと振り向けば、フィアナもマイラも体に長めのタオルを巻いていた。

フィアナは豊かな胸を張りながら言った。

「へへーん、あたしもこの前の泉の時に学んだよ。だから裸とか透ける服で一緒に入ったりはしないから、ご主人さまも安心して」

「ああ、そういうことなら……」

二人の方を向いて、ほっとしながら足を崩す。

ちなみに下半身の方は、さっき振り向きながら咄嗟にタオルで隠したので多分二人には見えていない……と思いたい。

「それじゃあそろそろ……よいしょっと」

フィアナとマイラはゆっくりと温泉に浸かった。

なお、タオルを巻いて湯船に入るな、なんて野暮な物言いは流石になしだ。

——タオルを巻いていても、二人とも破壊力は抜群なんだから。

これで裸だったら冗談でも何でもなく、とんでもなかっただろう。

「いやー、ぽかぽかしていいねこれ。もっと釜茹でみたいなのを想像していたんだけど、これくらいならあたしも好きかも～」

「釜茹でみたいにしたら【呼び出し手】さんが入れないでしょう？　温度の調節もばっちりだから安心してちょうだい」

フィアナとマイラは揃って息をつき、気持ちよさそうな様子だった。

「やっぱり神獣でも温泉に浸かると幸せになるんだな……ん？」

「お兄ちゃーん、今日はわたしが獲物を狩ってきたよー！」

声がしたので見上げると、空からドラゴン姿のローアが降りてきた。

朝方「縄張りのパトロールに行ってくるねー！」と飛んで行ったローアだったが、今は前足に立派な鹿を抱えていた。

「ローア、ありがとうな。本当に助かる」

「ううん。お兄ちゃん最近頑張っていたから、わたしも力になりたいなーって……うん？」

ローアは少しの間、山の中ほどをじーっと見つめていた。

「……何か用でもあったのかな？」

首を傾げたローアにどうかしたのかと聞こうとしたが、それよりローアが動く方が数瞬早かった。

「お兄ちゃん、わたしも入りたーい！」

ローアは鹿を家の前に置いてから飛び上がり、空中で人間の姿になった。

「うわ、危ないぞ!?」

降ってくるローアを急いで受け止めてやると、ローアは嬉しそうに胸にすり寄ってきた。

「まったく、次からは普通に入ってきてくれよ。……それと」

「お兄ちゃん、どうして上を向いているの？」

「俺がいる時は、二人みたいにちゃんとタオルを巻いてくれよな」

温泉に飛び込んできたローアは当然ながら、生まれたままの姿だった。

直視できないので、空を仰ぐ羽目になったのだ。

ローアは視界の端で、ほんのりと顔を赤らめて言った。

「その、わたしは見られても気にしないよ？」

……何というか、一挙一動が逐一可愛らしいのがローアだなと思ってしまった。

「よしよし、弓の張りはこんなもんか」

自室にて弦の調子を確かめ、ふぅと一息。

一日のんびりするつもりが、手持ち無沙汰もあまり慣れず、気がついた時には弓の手入れをしていたのだ。

それから長剣の様子も見てみようと、掲げてゆっくりと眺めてみる。

「前々から綺麗とは思っていたけど、よく見たら儀礼用の宝刀みたいだな……」

トロルを倒した時にフィアナの力を得た長剣は、今も赤い輝きを帯びていた。

街の神殿の祭事などで、何度か宝刀と呼ばれる刃に宝石が散りばめられた剣を見たことはあった。

それでもフィアナの力がこもった剣は刃全体が赤く透き通った宝石のようで、件の宝刀よりも美しく思えた。

それに何度か試してみたところ、いざとなったら任意で刃から炎を出すことも可能な優れものでもあった……使いどころは要注意だけれども。

「でも、いつだってフィアナが力を貸してくれているようで、何だか嬉しいな……ん？」

窓から差す日の光に剣を当てて照らしていたら、ふと刃に映った部屋の景色にちらりと映るローアを見つけた。

「じーっ……」

ローアは何故か頬を膨らませながら、部屋のドアを少しだけ開けて俺を見つめていた。

その姿を見て「どうかしたのか?」と、手招きしてみる。

「問題でも困りごとでも、何かあれば遠慮せず言ってくれよな」

ローアに助けられた身として、できることならどんなことでも精一杯やってやりたい。

そう思っての言葉だったが。

「うーんと、強いて言うならわたしがお兄ちゃんに何もあげられてないのが問題というか……」

ローアは膝の上にちょこんと乗ってきて、長剣を白く細い指でつんつんと突いた。

「フィアナはこうやって力の一部をお兄ちゃんにあげているのに、わたしはまだ何もあげられてないなーって。わたしだって、もっともっとお兄ちゃんの力になりたいのに」

そういうことかと納得したら、自然と手がローアの頭へ向かい、撫でていた。

「そんなこと、思わなくてもいいんだぞ。ローアはもう十分以上に力になってくれているじゃないか。俺を助けてくれたところから始まって、ローアがいなかったら今頃どうなっていたか」

ローアは「む~っ」と唸った。

「そう言ってくれるのは嬉しいけど、わたしも目に見える形でお兄ちゃんに何かをあげたいの。それに【呼び出し手】に自分の力の一部をあげるのは、ドラゴンの伝統の一つでもあるから」

「そうなのか?」

ローアはこくりと首肯した。

「信頼している【呼び出し手】が無事でいられるように自分の力の一部を託すことで、【呼び出し手】への誠意を示すことができる……って、前におじいちゃんが言っていたの。それにフィアナたち不死鳥にも、きっと似たような伝統とかがあると思うの。だからフィアナは、力の一部を剣に込めて渡したんじゃないかな？」

「なるほどな……」

よくよく思えば、神獣である不死鳥の力を一部とは言え人間が譲り受けるって大分大層なことだ。力をあっさりと渡してくれたフィアナは持ち前の気前のよさもあったのだろうが、確かにローアが言ったような伝統みたいなものもあったのかもしれない。

「つまりローアが俺に何か渡したいって言うのは、ローア自身の気持ちもあるけどドラゴンの伝統を守るって意味でも大切であると」

「うん、そういうこと。わたしはあんまり堅苦しいしきたりとかは嫌だけど、お兄ちゃんのためになることだったらやってあげてもいいかなーって。ちなみにこの伝統は、大昔にいた最初の【呼び出し手】の伝説から生まれたんだよ？」

「最初の【呼び出し手】？」

聞き返すと、ローアは柔らかな唇に人差し指を当て、思い出すように話し出した。

「うーんとね。わたしたちの一族に伝わるお話だと、大昔に人間も神獣も太刀打ちできない【魔神】って存在が現れたみたいで。そこでたくさんの神獣たちと心を通わせていた一人の人間が神獣の力を束ねて倒したって伝説があるの。それが最初の【呼び出し手】」

【呼び出し手】には人間ではどうにもならない事態を打開するために神獣と心を通わせ助力を求め

る役割があるという話は、前にローアとフィアナから聞いた。

そして神獣たちと心を通わせられるためか、場合によっては初代のように複数の神獣の力を扱うことも可能であると。

「突飛な伝説に思えなくもないけど、現に俺もフィアナの力が篭った剣を持っているしな……」

力を信頼する【呼び出し手】に渡す伝統のルーツにも、またとんでもない伝説があったものだ。

しかも長寿な種族とされるドラゴンの間で脈々と受け継がれている伝説なだけあって、信憑性はかなり高そうに思える。

「……でもね、お兄ちゃん」

ローアは肌を寄せてきて、不安げな表情を見せた。

「その最初の【呼び出し手】は、【魔神】を倒したことと引き換えに自分も死んじゃったんだって。だからお兄ちゃん。もしわたしが力の一部をあげたら、その力は何かを倒すことじゃなくて自分を守るために使って欲しいの。……お願い、約束して？」

ローアの言葉の意味は、よく伝わってきた。

自ら戦いに行って命を落とすような真似をするなら、そんな力はない方がいいと。

ローアを見つめ返し、自分の思いが伝わるようゆっくりと言った。

「分かった。ローアからもらった力は自分を守るために使う。でも、俺からも言いたいことが一つだけある。もしローアたちに何かあったら、その時はローアたちのために力を使うことを許して欲しいんだ」

ローアたちは神獣で、万が一にも危なくなるなんてことはないかもしれない。

でもその万が一のあった時は、ローアたちを守るために力を振るいたいとも思う……だってだ。

「今の俺があるのは、ローアたちのおかげなんだから。皆が力を貸してくれるように、俺も皆の力になりたい。だから、許してくれるか？」

「お兄ちゃん……うん、分かった。許してあげる」

ローアは少しの間、すり寄って抱きついたままになっていた。

それからローアは顔を上げて、部屋の中をきょろきょろと見回し出した。

「何か探しているのか？」

「わたしの力を受けられる物がないかなーって。できれば剣みたいに、わたしが力を込めても簡単に壊れないものがいいの」

ローアの言葉を聞いてはたと閃き、棚から短剣を取り出した。

「これならどうだ？」

ローアは短剣を手に取り、品定めするように眺めてから明るい表情になった。

「これなら大丈夫だと思う、早速始めちゃうね！」

ローアは手のひらから眩《まばゆ》い光を発し、神獣の力を解放して短剣を照らした。

すると短剣に光が吸い込まれていき、刃が透き通った琥珀色に変わっていった。

「お兄ちゃん、どうかな？　上手くできている？」

ローアが差し出してきた短剣を受け取り、日の光にかざしてみる。

すると短剣の刃は光を受けて黄金に輝きだした。

フィアナの長剣にも負けないくらいの輝きに見とれて、少しの間言葉を失ってしまった。

「すごく綺麗だ。ローア、間違いなく上手くできているよ」

ローアは安心したように胸を撫で下ろした。

「よかった〜。わたし、こういうことするの初めてだったから」

少し疲れたのか、ローアは満足げな様子でもたれかかってきた。

ローアは体温が高いので、くっ付いているとほどよく暖かくなれる。

子供特有の甘え癖のようなものに微笑ましくなりながら「お疲れさま」と言うと、ローアは安堵したように一息ついた。

＊＊＊

「……という次第でして。マグの奴、山奥にドラゴンを呼び寄せていました。奴の【デコイ】スキルはあまりに危険すぎます……！」

街に逃げ帰った密偵の男は、青ざめた顔でまくし立てるようにして長へと報告を上げていた。

報告を聞き終えた長は、皺だらけの顔をしかめて低く唸った。

「ふむ、そうであったか。確かに一大事ではあるな。街が危機に陥る可能性がある以上、その元凶は排除せねばならん」

「では……!?」

「うむ」

長は立ち上がり、自室の壁にかけてあった往年の相棒である魔杖を手に取った。

地精ドライアドの宿る木を削り出して作られたその魔杖は、【魔術師】スキルをさらに昇華させた【大魔導師】スキル持ちにしか扱いきれない至高の一品だ。

幾度となく魔物を灰燼《かいじん》に帰してきた相棒を握った長は、しゃがれた声を強く張り、密偵に告げた。

「腕に自信のある者を早急に集めよ。ドラゴンが暴れる前に山奥へ乗り込み、早急にマグを消さねばならん。マグさえいなくなれば、ドラゴンもこのような辺境からは姿を消す筈だ。……この決断もまた、街を守護する者としては致し方あるまい」

「はっ……!」

長はもっともらしく頷き、密偵は仲間を集めに外へと向かった。

「【デコイ】スキル持ちの者は魔物の餌として山奥に放り込むのではなく、やはり儂自身の手で直接葬り去るべきであったな。それが皆の平穏に繋がるがゆえに……」

冷たい光を瞳に灯しながら、長は自室で一人呟くのだった。

＊＊＊

快晴の下、山奥の森の一角にて。

「……いた」

ゆっくりと移動していると、遠くの藪の陰でかさりと動いた獲物、野うさぎの姿が目に留まった。

視線の先にいる野うさぎに気配を悟られないよう、足音を殺す。

木や藪で上手いことこちらの姿を隠しながら、弓を構えて矢を放った。

「……っ！」

鋭く風を切る音を立てながら、弓はまっすぐに野うさぎへと向かい、突き刺さる。

野うさぎが倒れたのを確認して、緊張感で強張っていた全身の力を抜いた。

「よし、今日の肉も無事確保だな」

やはり食卓に肉料理があるのとないのでは、嬉しさもローアの反応も大違いなのだ。

頬を緩めるローアを想像しながら、野うさぎを回収しに向かって行く。

……直後、眼前に火球が放たれ、地面が大きく爆《は》ぜ抉《えぐ》れた。

その衝撃で弓を取り落として吹き飛ばされたものの、即座に体勢を立て直して長剣の柄を握った。

「ぐっ……!?　今のは!?」

まさか魔物かと思った矢先、聞こえてきたのはよく知っているしゃがれた声だった。

「爆炎弾《ファイアーボール》の魔術だ。もっとも【魔術師】スキルも持っていないお前には、一生無縁の高等な権能だがな」

「長!?」

魔術の飛んできた方を見れば、そこには街の長や数人の男が武装して立っていた。

長たちの険しい表情やたった今放たれた魔術を見るに、あちらが敵意を持っているのは明白だった。

「どうしてこんな山奥に？　……まさか追い出しただけじゃ足りず、直々に消しに来たと？」

冷や汗をかきながら、長に尋ねる。

長は数十年に渡って辺境の街を魔物から守り抜いてきた【大魔導師】スキル持ちの手練れだ。

その強さは、街の皆が永く長に従っていることや、数十体のコボルトの群れをまとめて焼き払ったという逸話がよく物語っている。

長は口の端を吊り上げた。

「ふん、物分かりがよくて助かる。お前は【デコイ】で単なる魔物どころかドラゴンを呼び寄せたらしいがな。そのような危険人物を儂の街から出した以上、儂の手でけじめをつけるのが筋とは思わんか？」

「何を勝手な……！」

話せば分かる雰囲気でもないと、即座に長剣を引き抜いて構えた。

長たちはどこかから見ていたのか、【呼び出し手】の力でローアを引き寄せたことを知っているらしい。

それで俺を危険視して、直接殺しに来たという顛末か。

……だが、あちらが身勝手な理由で殺しにかかってくる以上、簡単に殺されてやる道理もない。

長は数歩踏み出しながら「お前たちは手を出すな」と連れてきた男たちに言い含めた。

「マグ、お前は儂が確実に仕留めてやろう。それが街を守る儂の務めだ……しかしながら、このままではちと手狭だな」

長は嫌な笑みを浮かべ、魔杖を掲げた。

その直後、魔杖から爆炎が周囲に放たれ、轟音と共に木々を根こそぎ焼き払っていく。

「クソッ！」

木々を焼く広範囲の爆炎に巻き込まれかけ、咄嗟にその場から飛び退く。

服の端が焦げ、鼻を突く嫌な匂いに顔をしかめた。

長は膝をつく俺を見下ろし、あざ笑うようにして言った。

「ふっふっふ……やはりそうやって逃げ惑うことしかできんか、マグよ。これまで魔物に襲われても、その逃げ足と運だけで生き延びていたと見える！」

「行くぞっ！」

長へ向かい、距離を詰めにかかる。

遠距離では不利だ、少なくとも剣が届く距離でなければ魔術で狙い撃ちされ放題になる。

「爆炎弾《ファイアーボール》！」

長は魔杖を振るい、魔術詠唱と共に魔法陣を展開。

こちらへと向けられた魔法陣から、爆炎弾《ファイアーボール》を連続で放ってきた。

当たれば着弾からの爆破で体の一部を飛ばされかねない凶撃。

けれどこれまで相手にしてきたダークコボルトやトロルの攻撃に比べれば、一直線にしか飛ばない爆炎弾《ファイアーボール》はあまりに軌道が読みやすい。

「フィアナ、力を貸してくれ！」

こちらも負けじと長剣から爆炎を引き出し、不死鳥の力を全身に付与して強化する。

体が羽毛のように軽くなっていく感覚、五感が研ぎ澄まされて拡張される実感に目を細めた。

——さあ、暴れてやる。

「ハァッ！」

地面を踏み砕く勢いで駆け抜け一閃。

迫りくる爆炎弾《ファイアーボール》を斬り捨てていく。

強化で向上した動体視力の賜物か、どこを斬れば魔術が霧散するかを今なら一目で判別できる。

連続の爆炎弾《ファイアーボール》が足止めにもならないことを受けてか、長の余裕ありげな表情が焦りに染まっていく。

「小癪な、たかだか剣一本で儂の魔術を……！　ええい、ならばこれだ！　大瀑布《ウォーターフォール》!!」

長は荒滝の如き水塊を爆速で撃ち出す魔術を唱え、間髪入れずに繰り出した。

大樹を貫通して余りある威力の大瀑布《ウォーターフォール》は、一発でもまともに食らえばその時点であの世行き。

長は長剣の刃から吹き出る炎を見て、水の魔術に切り替えてきたのだろう。

しかしこちらも炎一辺倒ではない。

「ローア、頼むぞ！」

琥珀色の短剣を引き抜いて、勢いのまま水平に振るう。

その瞬間、地巌竜《アースドラゴン》の力が発現して足元から岩盤の盾が現れ、大瀑布《ウォーターフォール》を間一髪で防ぎきった。

「な、何だと……!?」

長は目を見開き、声を震わせた。

「あ、あり得ん。【魔術師】でも【大魔導師】でも、ましてや【賢者】でもないお前が、どうやってそのような桁外れの力を得た!?」

「どうやって、か」

経緯については紆余曲折あったが……強いて言うならば。

「この力はあなたたちが忌避した【デコイ】と、俺に力を貸してくれた皆から譲られたものだ!」

瞠目する長に駆け寄り、そのまま魔杖を叩き斬りにかかる。

魔術を扱うスキルを持っていたとしても、人間の扱う魔術はあくまで杖などの魔道具を媒介にして発現する力。

如何に手練れの長と言えど、魔杖さえ破壊してしまえばこちらのもの。

「させるかっ!」

しかし振り上げた剣は、割り込んできた男たちによって防がれた。

長に手出しをするなと言われていた彼らだったが、長の窮地を黙って見過ごすほど馬鹿ではない。

男たちは歪んだ表情で、苦々しく言った。

「お前が悪いんだぞ、マグ！　お前が【デコイ】なんてスキルを授かって、ドラゴンまで呼び寄せるから……！」

「自分で故郷を滅ぼしちまう前に、さっさと野垂れ死んでおけ！」

「このっ……！　好き放題言いやがって!!」

ここまで言われれば、流石に頭にくる。

「お前らが望んだ通り、こうやって街から離れた山奥で暮らしているだろう！　その上で死ねだのと……筋が一切通ってないだろうがッ!!」

声を荒らげながら剣の柄や拳で強引に殴りつけると、男たちは次々に昏倒していった。

今の自分は神獣の力を宿す身、単純な身体能力も格段に向上している。

そうして最後に残ったのは、長だけだった。

長は顔を歪めながら、震える声を張り上げた。

「何故分からん、お前がいると皆に要らぬ火の粉が降りかかるかもしれんのだ！　お前は世話になった故郷のことを何とも思わんのか！」

「思っているに決まっている！　だからこそ魔物の群れが故郷を踏み荒さないよう、死ぬ覚悟で街を離れたんだ。それにあなたたちの言うドラゴンは、決して故郷を荒らすような存在じゃない。それも知らずに適当な御託《ごたく》ばかりを……！」

いい加減、長や街の人たちの身勝手な言葉を聞き続けるのはもう我慢ならない。

街から離れて静かに暮らしていれば、大挙してきてこの始末。

しかもローアがこのあたりを縄張りに定めた影響で、街に魔物が出ることもない筈なのにだ。

「くっ、何を愚かな。お前如きがドラゴンと話したような口を利くな！」

「実際に話したからこう言っている！」

「遂に血迷ったかこの愚か者め……！」

長は引きつった表情を浮かべているが、ここで【デコイ】の正体が【呼び出し手】であることを伝えても一切信じまい。

逆に伝えたところで、今更まともに取り合ってくれるとも思わない。

……それならもう、後は実力行使あるのみだ。

今度こそ魔杖を破壊するべく長剣と短剣を構えると、長も魔杖を構えて詠唱を始めた。

二重、いや三重にまで展開された魔法陣を見て、嫌な予感が脳裏を掠める。

「やはりお前は危険だ、生かしておけん！　せめてもの手向けに受け取れ……この天星爆破《メテオフレア》を！」

「なっ、その魔術は……!?」

幼い頃に一度だけ見たことのある大魔術……天星爆破《メテオフレア》。

かつて長は街に迫った百近い魔物の群れを、その大魔術を行使して一撃で消し飛ばしたのだ。

それも、周囲一帯の地形を変えてしまうほどの破壊力をもってして。

「……っ！」

逃げるのではなく、脇目も振らずに長へと駆け出す。

このまま魔術を起動されるのはまずい。

近くに家がある以上、ローアたちが巻き込まれるかもしれない。

たとえ神獣でも、無事で済むとは思えなかった。

「それだけは、させるか！」

俺が怪我を負うなり倒れるなりは、まだ我慢できる。

——でも、皆の身に何かあったらと思うと死んでも死にきれない……！

「届けぇぇぇえっ！」

渾身の力を込めて剣を振りかざすが、同時に魔杖に収束した魔力が臨界に達したのを感じる。

魔杖を斬るのが先か、魔杖が魔術を完全に起動するのが先か。

コンマ数秒の攻防に決着がつこうとした……その時。

「ふんっ！」

上空から急降下して来た鋭い鉤爪《かぎづめ》が、魔術を解放しかけていた魔杖を抉り折った。

それによって魔術の起動が無効化され、魔杖に込められた魔力は霧散していき、魔法陣は粉々に砕け散った。

「な、あぁぁ……!?」

呆気に取られる長を前に、魔杖を破壊した鉤爪の主は力強く言った。

「どこの誰かは知らないけど、あたしのご主人さまに手を出すんじゃないよっ！」

「フィアナ！」

間一髪のところで駆けつけてくれたのは、我が家の神獣の中でも最速のフィアナだった。

「あ……ありえん、ドラゴンだけでなく不死鳥までも!?　マグ、お前は一体どこまで厄介ごとを招き入れれば気が済むというのだ……！」

長は折れた魔杖を震える手つきで握りしめ、尻餅をつきながら後ずさった。

フィアナは訝しげに長を見つめながら聞いてきた。

「ご主人さまの危機を感じて駆けつけてみれば、また物騒だね。このおじいさん、一体誰なのさ?」

「前に話した、故郷の長だ。ドラゴンを……ローアを呼び寄せたのが気に食わなかったらしくて、街の手練れを引き連れて襲いかかってきた」

「ふーん……そういうこと」

フィアナは目を細めて声音を不機嫌そうに低めた。

「ご主人さまを追い出したって聞いた時から気に食わない奴とは思っていたけど、こりゃ想像以上みたいだね……ま、と言っても」

フィアナはちらりと空を見上げて、苦笑気味に言った。

「ご主人さまと一緒に縄張りも荒らされてあたし以上に怒っているのがいるみたいだから、どうするかの判断はあっちに譲ってあげるけど」

フィアナがそう言った途端、風が嵐のように吹き荒れ巨大な体躯が現れた。

空を駆ける巨大な翼に大地を踏み砕く強靭な四肢、さらに体中を鎧のような鱗と甲殻で覆った神獣……ドラゴン。

一瞬にして飛来してきたローアの姿に、長は体の震えを増した。

また、ローアは冷めきった瞳で長を見据えて告げた。

「わたしの縄張りを荒らした上、何よりマグお兄ちゃんに……わたしの力を託した大切な【呼び出し手】に手をあげたその無礼、どう考えているのか聞いてもいいかな？」

ローアの声は普段の姿からは想像もできないほどに落ち着き、大人びていて、聞いているだけでも圧力を感じるほどだった。

……間違いない。

ローアは今、本気で怒っている。

一方の長は周囲を見回し、自分のしでかしたことを悟ったらしい。

この山はローアの縄張りで、長は先ほど「手狭だ」との理由で周囲の木々を魔術で根こそぎ焼き荒らしてしまったのだ。

自分の管理している縄張りを荒らされたのだから、ローアも怒って当然だ。

「どうして黙っているの？　わたしも困っちゃうんだけど？」

「ひ、くぅっ……！」

ローアの言葉に、長は頭を下げて早口気味にまくし立てた。

「申し訳ございません、まさかあなたさまがそこの【デコイ】持ちに心を許していたとは……！　儂はただ、マグを遠ざけて儂らの街を守りたかっただけなのです!!」

「遠ざけるって……。それってつまり、お兄ちゃんをあの世まで遠ざけようとしていたってことでいいのかな？」

「なっ、そ、それは……！」

ローアの有無も言わせない圧力に、長はまともな言葉も発せずにいた。

常日頃から愛くるしいローアも、こういう時ばかりは立派なドラゴンなんだなと思わされる。

けれどいつまでもローアに任せられない、これは俺の問題だから。

「ローア、長と話をさせてくれないか？」

「……いいの？　この人、お兄ちゃんを追い出した上に襲いかかってきたんでしょ？　とっても危なかったって、【呼び出し手】の力を通してわたしにも伝わってきたよ」

ローアは首を伸ばして、胸元に鼻先をすり寄せてきた。

その頭を撫でながら、俺は首を横に振った。

「だからってこれ以上怨念返しをしても、どうしようもない。それにローアにもフィアナにもこれ以上怒って欲しくないんだ。分かってくれるか？」

「お兄ちゃん……うん、分かった」

ローアは怒気を引っ込め、静かに下がってくれた。

「長、これで分かったでしょう。この子たちにはしっかりと理性がある。街を襲うような真似はしませんし、街が襲われる時はそれこそあなた方がこの子たちに何かをしてしまった時です。寧ろ不用意にこの山に入って暴れたこと……長の行動それ自体がこの子たちの怒りを買い、街を危機に晒していると分かってくれましたか？」

長は小さく頷き、うなだれて黙り込んだ。

これ以上抵抗する気もない、好きにしろと態度で語っている。

そんな姿を見せられたからか、一周回って怒気も失せてしまった。

「長、約束してください。今後一切、この子たちのいるこの山で暴れないと。それに俺だって、もうこれ以上のいざこざはごめんです。だからもう二度と、俺に突っかかるような真似もやめてください。それさえ約束してくれれば、この場は見逃します」

「……よかろう。最早こちらは、お前の言い分を拒否できるような立場にない。ドラゴンと心を通わせていたお前を誤解し、消し去ろうとしたこと……すまなかった」

長は押し殺した声音で言い、頭を下げてきた。

強く握り締められて震えるその拳から、こちらに頭を下げていることへの不服が見て取れた。

しかし長の謝罪を受けてローアもフィアナも溜飲が下がったようで、二人の殺気が収まっていくのを感じられた。

「……ではな、マグ。もう二度と、顔を合わせることもなかろう……」

長は連れてきた男たちを起こし、ゆっくりと山を下ろうとした。

言われたように、もう二度と顔を合わせることはないだろうしそのつもりもない。

俺はこの山奥で、皆と一緒にゆっくりと新しい人生を歩んでいく。

心はもうとっくに、そんなふうに決まっていたのだ。

……それでも去り行く長に、本当に最後に言うことがあるとするならば。

「故郷を、これからもお願いします」

「……約束しよう」

長は一瞬立ち止まったが、振り向くことなく再び歩き出して山を去っていった。

それからフィアナは人間の姿になり、長がいなくなってせいせいとした様子で言った。

「相変わらず優しいね、ご主人さまは。あたしがご主人さまの立場だったら多分、何発か爆炎を叩き込んでいるところだよ」

「いいんだ、もう済んだことだから。口約束でももう手を出してこないって言ってくれたし、何よりローアやフィアナの相手はもうこりごりだって長も思っているだろう」

「そっか。まあ、ご主人さまがそう言うならあたしはこれ以上言わないよ」

「わたしもお兄ちゃんが納得したならそれでいいかなーって」

ローアもフィアナと同じく人間の姿になり、駆け寄ってきた。

「それよりお兄ちゃん、怪我はない？　大丈夫だった？」

不安げなローアに、半回転して全身を見せる。

「この通り大丈夫だ。それじゃあひとまずは家に戻って……いや、ちなみにマイラは無事なのか？姿が見えないけど、まさか変なふうに巻き込まれたりとかしてないよな？」

一瞬ひやりとしながら尋ねると、フィアナとローアは何故か「「あ、あはは……」」と乾いた笑いを見せた。

「それは……ね。帰ってみれば分かるよ、ご主人さま」

はぐらかした物言いのフィアナに、どういうことだ？　とこの時は思って……いたのだが。

「……何だこれ」

いざ家に戻ってみると、マイラが武装した男たちを水のロープで縛り上げていた。

マイラはこちらを見ると微笑んで手を振ってくれたが、その足元で気絶して転がっている男たちの姿からしてどうにも穏便には見えなかった。

「あら、無事に戻ったようね。大きな怪我もなさそうで本当によかったわ」

「マイラ、そこにいる人たちは一体……？」

恐る恐る聞いてみれば、マイラは答えてくれた。

「いきなり押しかけてきて【呼び出し手】さんを渡せって武器を構えながら怒鳴ってきたから。つい、ね？　それからローアとフィアナが【呼び出し手】さんを助けに行くって言うから、わたしは家を守っていたのよ」

「そういう流れだったのか……」

大方、長たちは俺を探して二手に分かれていたのだろう。

片方は山の中で捜索、もう片方はこうして家へ押しかけてきたという具合に。

その結果……中にいたのは可愛らしい女性だけだったので強気に出て、まとめてまんまと返り討ちにあったと。

流石に神獣であるマイラに勝てる道理は一片たりともなかったらしいが。

「自業自得とは言え、皆まとめて完全に伸びているなぁ。どうやって帰ってもらおうか」

「わたしが飛んで、山の際に置いてこよっか？　いつまでもここにいられても、わたしたちが困っちゃうもん」

ローアの提案に全員が賛成したことで、水のロープで縛られた男たちはドラゴン姿のローアの前足に掴まれ連れて行かれた。

その後、ローアが帰ってきてから皆で少し早めに夕食をとった。

……もう今日は疲れたから、さっさと食べて寝てしまおうという話になったのだ。

この日の晩は昼間の件があったからか、ローアもフィアナも堂々と俺のベッドに潜り込んできたのだが、今日くらいはいいかなと二人を抱きしめて眠ることにした。

それから翌朝。

いつの間にかマイラまで俺の上でぐっすりと眠っているのを見て、どこか暖かな気持ちになった。

普段と変わらず落ち着いていたようで、マイラも心配してくれていたようだった。

# 五章　猛き魔神の暗き巣窟

長が襲来してから早数週間。

特に大きな問題もなく平穏な時間が過ぎていく中、半ば日常と化してきた農作業をこなすために、今朝ものんびりと起き出して外に出ていた。

井戸から水を汲み、畑へと運んでいく。

ローアの力で作物が成長するまでは解決するとして、その後に行う作物への水やりなどの作業は大抵、俺の仕事として請け負っている。

「普段からローアたちには神獣の力を使ってあれこれと任せているし、逆にこれくらいは……ん？」

ふと、作物の根元から柔らかな毛に覆われたものが飛び出ているのを見つけた。

「……尻尾？」

少ししゃがんで見ると、小さな尻尾の主はすぐに見つかった。

「みゃーお……」

小さく鳴いたのは、両手に収まってしまいそうな大きさの子猫だった。

子猫は泥だらけで丸まっていた上、よく見たら小刻みに震えている。

「こりゃ放っておけないな……」

子猫を拾い上げて、すぐに家へと向かう。

ひとまずお湯で泥を落として怪我がないか確認して……と考えていたら、家の中からフィアナが飛び出してきた。

「ご主人さま！　近くから魔物の気配がするよ、危ないから用心して……って」

フィアナは子猫を見て一瞬固まってから、駆け寄ってきた。

それから両手を軽く打ち合わせ、合点がいった様子になった。

「あー、こんなちっこいやつ。しかも弱ってご主人さまにもう捕まっているし、問題なさそうだね」

さらっととんでもないことを口走ったフィアナに、即座に聞き返した。

「んんっ!?　この子猫って魔物なのか!?」

「ご主人さま、子猫だと思って連れてきたの……」

「ちなみにこいつ、どんな種類の魔物なんだ？　見た目完全に子猫なんだけど」

聞くとフィアナは子猫改め子魔物をあれこれと見て、困り顔になった。

「こりゃ何の魔物かはあたしにもまだ分かんないね。魔物って成体になるにつれて特徴が現れてくるから、こんなに小さいと魔力の気配から魔物ってことくらいしかさっぱり」

「そっか……。ちなみにこいつ、害はあると思うか？」

「それはないね」

フィアナはきっぱりと言い切った。

「この魔物からは敵意みたいなものは感じないし、こんなに弱っていたら噛み付くことだってできないだろうし。しっかし妙なのは、ローアの縄張り主張にも関わらずこの子魔物が山に入り込んでいたってこと。たまたま迷い込んだだけかな……？」

フィアナは難しそうな顔をして唸り出した。

「今のところは無害だって分かればそれでいい。せっかく拾ったんだから、ここは助けてやらないか？」

「魔物とは言え子供だし、見捨てて死んじゃっても寝覚めが悪いもんね。あたしも賛成」

それから小魔物の体をぬるま湯で洗い、綺麗にしてやる。

次に丁寧に子魔物の体をタオルで拭い、フィアナの炎から生まれる熱で乾かしていたら、丁度ローアが少し遅めに起き出してきた。

「ふあぁ。お兄ちゃん、おはよぉ……あれっ？　その子って？」

ローアは寝ぼけ気味に目をこすっていたが、子魔物の姿を見て何度か目を瞬かせた。

そして瞳を輝かせ、歓声を上げて駆け寄ってきた。

「とっても可愛い！　この子、拾ってきたの？」

「ああ、さっき畑にいたんだ。でも弱っていて、何か食べさせるなり飲ませるなりしないと……」

タオルの上でくたっとなっている子魔物を撫でたローアは、部屋の中を見回してから何故かフィアナの胸を凝視していた。

そして……次の瞬間。

「えいっ」

ローアがフィアナの胸を鷲掴みにした。

その突拍子もない行動に吹き出しそうになってしまうが、当のフィアナはそれどころではない。

変な声を出してから、目を剥いていた。

「ふぁっ⁉　いたたたた⁉　何するのさこのちびドラ⁉」

「おっきいからお乳出るかなーって」

「出るかこの馬鹿‼」

容赦なしに繰り出されたフィアナの手刀。

それをおでこに受け、ローアは涙目で頭を抱えた。

「あうぅ……。だってこの子お腹を空かせていそうだし、お乳とか飲ませてあげないとかわいそうだと思ったんだもん。でもまさか、おっきいくせに出ないなんて……」

「なんて言い草よこのちびドラは……！」

フィアナが胸を押さえてわなわなと震えていたら、ケルピーの力を高めるべく修行をしに外へ出ていたマイラが戻ってきた。

「どうかしたの、騒がしいけれど？」

ひょこりとドアから顔を覗かせるマイラ。

その胸をさっきのフィアナの時みたく凝視するローア。

数秒後に何が起こるかを悟り、即座にローアを抱え上げてマイラに飛びつかないようにする。

「お兄ちゃん離して！　マイラならきっと出るから！」

「ローア落ち着け!?　いくら神獣でも流石に無理だろ！」

「出るもん、フィアナよりおっきそうだし！」

「根拠が適当すぎる……！」

ローアがあまりにわちゃわちゃと動くので、ひとまずくすぐって動けないようにしておく。

その間、フィアナから事情を聞いたマイラが子魔物をケルピーの能力らしい何かで回復させ、ローアに胸を鷲掴みにされたフィアナは不機嫌そうに子魔物にスープをやっていた。

子魔物はマイラの力で体力が戻ったからか、スープを飲んで小さく鳴いた。

「よかった、どうにか持ち直しそうね」

「大丈夫大丈夫。魔物は頑丈だから、ミルクなんて高尚なものじゃなくっても口に入るものなら大概受け付けるよ」

憤慨気味に言うフィアナの傍、くすぐられすぎて呼吸が荒いローアは腕の中で切れ切れと言った。

「……お兄ちゃん。でもやっぱりお乳の方が……ぴゃーっ!?」

ローアはまだまだ諦めていなかったようなので、停止していたくすぐりの刑を続行。

そんな様子を見ていた子魔物は「茶番だ」とでも言いたげに鳴いて、ゆっくり丸まった。

子魔物は保護して数日後にはすっかり元気になり、今日も餌を頬張っていた。

今は俺の膝の上で気持ちよさげに昼寝中だが、そんな子魔物を見ていたマイラがふと呟いた。

「そう言えばこの子、どこから迷い込んできたのかしら？」

「多分山の外じゃないかと思うんだが……」

「わたしが言っているのは侵入経路の方よ。魔物の子供が堂々とドラゴンの縄張りに入り込むなんて自殺行為、普通はしないわ」

「言われてみればそうか」

このあたりに住んでいた魔物は、ドラゴンであるローアがこの山を縄張りにしたことで全て逃げ出していった。

ダークコボルトどころかこの山でよく見かけていた通常種のコボルトすら、今は狩りをしていても見かけない。

大人の魔物が姿を見せない以上、子供の魔物なら尚更ドラゴンの縄張りに近づかないのが普通だ。

マイラは少考してから言った。

「この子、ローアの飛び回る姿が見えない場所を通ってきたのかも」

「空が見えないってなると……たとえば洞窟とか？」

世の中では時たま、炭鉱や山と山を繋ぐ洞窟から魔物が這い出てきた、なんて話も出たりする。

地中に住んでいた魔物や縄張り争いに敗れた魔物が洞窟を通って別の山へ抜けてくるというケースはままあることなのだ。

俺の考察に、マイラは頷いた。

「その線はあるかもしれないわね。山の中にある洞窟を通って出てくれれば、ローアの存在を知らないままこの山に来ることができるもの」

——でも、この山にそんな洞窟あるんだろうか……いや待て。

よく考えれば洞窟に潜むというダークコボルトが前に現れた以上、洞窟があったとしても不思議ではない。

それに今まで自分は、この山に住んでいたコボルトのような魔物の縄張りを避けて行動してきた。

もしかしたらこの山にも、まだ分け入ったことのない場所には未知の洞窟があるのかもしれない。

「……ってなると、またいきなり魔物が出てきても困るし、一度皆で山の中を探索してもいいかもな」

最近は食糧事情も改善して、時間にもかなりのゆとりがある。

山の探索に当てる時間も十分にある。

マイラは静かに立ち上がった。

「それなら今からでも行きましょうか。魔物が出てくる洞窟なんて実際にあったら厄介だし、早く見つけるに越したことはないでしょうし」

「だな。畑に出ているローアやフィアナもじきに戻ってくるだろうし、そうしたら……」

「お兄ちゃん、今日もたくさん収穫してきたよー！」

「あたしも大きいのを採ってきたよ、ご主人さま！」

話している途中、丁度ローアとフィアナが収穫した作物を両手で抱えて戻ってきたので、二人にも洞窟探索へ行く旨を伝える。

ローアは胸を張って言った。

「こういう時もわたしに任せて。ドラゴンは鼻もいいから、魔物がいる洞窟があったら匂いで分かるかも！」

「そりゃいいな。ちなみにフィアナは……」

「当然行くよ。あたしはご主人さまに力を貸すためにここへ来たんだから。逆にお留守番なんて寂しいことは言わないでよね？」

やる気十分な三人の同意を得て、すぐにでも出ようと立ち上がろうとする。

しかし膝の上で丸まっている毛玉を思い出し、まず子魔物を抱え上げた。

「お前、今日はお留守番な。いい子で待っていてくれよな？」

「みゃーん？」

床に置いてやると、子魔物は可愛らしくスネに頭をこすり付けてきた。

……正直「置いて行かないで？」と言われているような気がしてならない。

「うっ、このまま置いて行くのも罪悪感が……」

どうしようかと葛藤していると、子魔物はローアに素早く抱えられてしまった。

「むぅ、ミャーちゃんでもお兄ちゃんにくっつき過ぎるのはダメだよ～？　そもそもお兄ちゃんの膝の上は、わたしの定位置なんだから」

「みゃーぉ」

子魔物はローアに抗議するように鳴いた。

ついでに、いつからローアの定位置は俺の膝の上になったんだと突っ込みかけたが……それはさておき。

「ミャーちゃん？　いつの間にか名前付けていたのか」

「うん。名前がないと呼びづらいなーって思ったから」

ローアはミャーを撫でながらそう言った。

明らかに鳴き声そのままな気もするが、フィアナもマイラも特に何も言わなかったので、我が家の新たな住人である子魔物の名前はこの場でミャーと確定したのだった。

……適当な名前を付けられたミャーが不機嫌そうにしていたのは、多分気のせいだと思いたい。

これまで魔物の縄張りだった場所へと足を踏み入れるのは、正直に言えば少しだけ恐ろしかった。

ローアのおかげで最近は魔物を見なくなったものの、例の洞窟が本当に存在するなら一気に飛び出してくる可能性もある。

長剣や短剣なども携行して、有事に備えながら移動していく。

「本当、魔物の縄張りって人間なら活動しようとは絶対に思わない場所にあるもんだな……」

今四人で進んでいるのは、渓谷の際《きわ》だった。

真横の渓谷は、石を投げたら下まで落ちきるのが見えないほどに深くて暗い。

本当ならこんな場所は通らないに越したことはないが、このあたりは蔦《つた》や巨木が密集していてこの場所しか通れなかった。

それに岩肌に付いている足跡や爪痕を見るに、以前ここに住んでいたコボルトたちもこの道を使っていたらしい。

他にも痕跡はないかと視線を岩肌から下へと移し……改めて息を飲んだ。

「こりゃ落ちたら怪我じゃ済まないよな……」

「大丈夫だよ。万が一の時は怪我する前にあたしが拾い上げてあげるから」

フィアナは余裕ありげな笑みを浮かべているが、実際に落ちても問題なく助けてくれるだろう。

聞けばこと素早さに関しては、不死鳥は神獣の中でも最速らしい。

さらにフィアナ曰く、自分は不死鳥の中でも特に素早さに自信がある方なのだとか。

「誰かが落ちたら本当に頼むぞ、フィアナ。と言ってもローアもマイラも神獣だし、危ないのは俺だけかもしれないけどな」

苦笑しながら、岩陰で薄暗い足場を踏み外さないよう先へ進んでいく。

当初はローアに乗っていけたらいいかと考えていたものの、洞窟を探して渓谷を滑空している最中に岩陰から魔物に飛びかかられたらそれこそ一大事だと思い至った。

さしものローアも誰かを乗せて飛んでいる時は動きが重たくなるようだし、万が一にも皆揃って渓谷へ真っ逆さまはごめんだ。

また、ただ歩いているだけだからか先ほどまでは暇そうにしていたローアだったが、いつの間にか前を歩いて周囲をきょろきょろと見回していた。

「お兄ちゃん。ここは少し前までコボルトの縄張りだって言っていたけど、ちょっと納得かも」

「そうなのか？」

「うん、わたしの故郷にも似たような場所があるから。暗いけど静かで涼しくて、よそ者が入ってきても警戒して動きが遅くなる岩だらけのところ。わたしからすれば少し岩が柔らかめだけど、巣を作るにはもってこいじゃないかなーって」

「なるほどな……」

隠れる場所も多いこの渓谷は、コボルトにとっては巣を兼ねた天然の要塞だったのかもしれない。

……それでもローアのブレスを受ければ中身ごと崩されかねないので、コボルトも逃げ出す訳だと何となく思った。

「ちなみにフィアナやマイラの故郷ってどんな場所だったんだ？」

尋ねると、まずフィアナが懐かしげに、それでいて楽しげに話し出した。

「あたしの故郷は海向こうの火山で、おっきな火口とその近辺。生まれも育ちもずっとそこ。住んでいるだけで火山から熱ももらえるし、不死鳥にとってはこれ以上ないくらいにいい住処だったよ」

次にマイラはくすりと微笑んで、ゆっくりと話し出した。

「わたしが住んでいたのは海の底ね。水の力を持った他種族の者たちと共存する、少し変わった都だったわ」

「皆、何だか人間からしたら想像もつかないところに住んでいたんだな……」

流石に神獣、常日頃から火の中水の中に住んでいたと。

前にも似たようなことを思った気がするが、これだけ常識外れの存在なら伝説やおとぎ話で語り継がれるのも納得できる。

「ご主人さま、もしよかったら今度連れて行ってあげよっか？　あたしが力を託した剣を持っていれば、ご主人さまも少しなら火口の熱に耐えられると思うし」

「フィアナの力が篭った剣って、熱耐性まで付与してくれるのか」

これまた突飛な話だが、フィアナが言うなら本当なのだろう。

しかしこうなると、様々な神獣の力を束ねて【魔神】を倒したという初代【呼び出し手】は一体どれほどの超人だったのか……。

まさか人間でありながらローアすら軽く凌駕する力を持っていたんじゃないだろうなと、薄っすら疑い始めていた。

「でも、山奥でのんびり暮らしている分にはあまり関係ないか。第一【魔神】とやらは初代が滅ぼしたって話だし……」

「……お兄ちゃん、止まって」

ふと硬い声音で言ったローアに従い、足を止めた。

「フィアナ、マイラ。あそこ、変な感じがしない？」

ローアが指を差す先には、渓谷の一角にある暗緑色の蔦の群生地があった。

俺からすれば単なる蔦の塊にも見えるが、フィアナとマイラは至極大真面目な表情で頷いた。

「確かに不自然ね、あそこだけ周囲空間の魔力が断たれているわ」

「こりゃ大分怪しいね、それっ！」

フィアナが人間の姿のまま手のひらに火球を作り出し、高速で放った。

ドン！　と爆発音が轟いてから、焼けた蔦の塊にぽっかりと穴が開いた。

すると穴の先には、真っ暗な空洞が広がっていた。

「蔦で隠れた洞窟、か。どうにもキナ臭いね……」

フィアナは警戒した様子で、軽く身構えていた。

「どうする？　危なそうなら、一旦引き返そう。怪しい場所があるって分かっただけでも大きな収穫だ」

「……ううん、そうもいかないみたい」

ローアは光を纏って、瞬時にドラゴンの姿になり飛び上がった。

……その直後。

『GUOOOOOO！！！』

待ち構えていたのか、洞窟の中から大小様々な魔物が次々に溢れ出て、一斉に這い上がってきた。

その数は軽く見積もっただけでも、百近くはいる。

自然に冷や汗が出て、口から言葉がこぼれた。

「確かに魔物の潜む洞窟はあったけど、この数は潜みすぎだろ……！」

「でも素通りしなくてよかったね、気づかなかったら真後ろから不意打ち食らっていたかも」

「彼らも待ち伏せしていたようだし、そうかもしれないわね」

魔物の群れを睨むフィアナとマイラも、ローアのように神獣の姿に変化した。

「くそっ、迎え撃つぞ！」

長剣と短剣を引き抜き、意識を素早く臨戦態勢へ。

次の瞬間、群れの先鋒が怒号を上げて飛びかかってきた。

＊＊＊

ソレはいつから在ったのか。

少なくとも時間にして数千年という間、ソレは地下深くに存在していた。

だがソレは活動していたのではなく、ただ眠り続けていた。

要するに数千年間、何に対しても干渉することのない、ただの無害なモノであり続けていたのだ。

……人間の感覚で言うところの、つい最近までは。

けれど、眠っているということはいつか目覚めるということ。

そしてソレは遂に、何かに引かれるようにして目覚めの時を迎えた。

『U、URRRR……』

数千年分の飢えと渇きを満たすため、ソレは地中を移動して夜な夜な地上に這い上がり、肥沃な土地の動植物を丸ごと貪り尽くしては地中に戻って行った。

木々も、獣も、魔物も、人間も……果ては神獣すらも。

たとえ神獣であっても、たかだか一体のみでは抵抗虚しくソレに食われるばかりであった。

そうして本能的に飢えを満たし続けた末、遂にソレは自身の名を思い出せる程度には飢餓の狂気から理性を取り戻していた。

『オレの名は、デスペラルド……。【七魔神】が一柱、デスペラルド也！』

暴食によって魔力と体力を取り戻したソレことデスペラルドはまず、自身の姿が地中暮らしで泥にまみれていると気がついた。

今までは飢えを満たすことしか頭になかったが、ああ、冷静になってみればなんとみすぼらしい姿か。

かつて世界の覇権を握りかけた【七魔神】たるこの自分が！

『……何より、復活したばかりとは言え【七魔神】たるオレが居城すら持たぬとは。先立った同胞に嗤われたところで、文句も言えぬな』

デスペラルドの言う同胞たちとは、数千年前に滅ぼされた一部の【七魔神】のことだ。

人間ごときに敗れたと言えば冗談にも聞こえようが、相手は忌々しい神獣どもの力を束ねて戦いを挑んできた【神獣使い】だった。

一体ならば敵ではない神獣も、幾重にも力を束ねられれば脅威となる。

同胞がいくらか滅ぼされたのも、デスペラルド本人が地中深くにまで追いやられたのも仕方がないと言えよう。

『同じ轍《てつ》を踏まんよう、備えねばなるまい。もう一度この世を手中に収めるにしても、準備は必要であろう』

それに復活した数千年後のこの世界に、また【神獣使い】となる人間が現れている可能性もある。

まだ復活したばかりで力が完全ではない以上、我が居城は堅牢にして守衛は数多であるべきとデスペラルドは考えた。

そこでデスペラルドは地中を切り拓き、自らの居城となるダンジョンを生み出した。

ダンジョンからは「親」のデスペラルドの命が続く限り、「子」である魔物が生まれ続ける。

そうやって力を蓄え配下の魔物を増やし続けるデスペラルドだったが、ある時ふいに強い違和感のような「何か」を、まるで運命にでも引き寄せられたかのように感じ取った。

その「何か」を感じた土地には雑兵のような魔物の気配は一切なかったが、代わりに巨大な魔力を持ったものが三体存在していた。

それは間違える筈もない神獣の魔力であり、自身はその三体もの神獣の魔力に引かれて目覚めたのだとデスペラルドは確信した。

『これは僥倖。これほど強力な魔力を発する以上、三体とも並以上の神獣であることは明白。この三体を食らえば、力を全盛期まで引き戻すことも可能であろう……！』

加えて神獣の中にはドラゴンもいるらしく、ドラゴンの縄張りとなれば他に魔物の気配がないのも納得だった。

これは久方ぶりに美味い食事にありつけそうだと、デスペラルドは地下のダンジョンを拡張してドラゴンの縄張り内にあった洞窟にまでその勢力を広げていた。

そして時が満ちれば、デスペラルドは配下を伴って神獣どもを攻め食らいに行く……そのような算段であったのだが。

『ク、クカカカ……！』

ダンジョンの奥深くまでを揺るがす爆轟と激震、それに配下の魔物どもの唸り声がデスペラルドの元まで伝わってきた。

どうやらたった今、神獣どもの方からダンジョンへと赴いてきたらしい。

それを感じ、デスペラルドは歓喜に打ち震えていた。

『よい、このような趣向も嫌いではないぞ。【七魔神】たるオレに挑みかかってくるとは何と酔狂な者どもか……！』

デスペラルドは『何故隠蔽していたダンジョンの入り口が看破され、神獣どもから先制攻撃を受けたのか』と一瞬のみ考えたが、そのような瑣末《さまつ》ごとはどうでもよいと戦闘への熱い衝動に思考を任せた。

ダンジョンの主はその最奥にて鎮座し、挑みくる侵入者を真っ向から迎え撃つ。

これは古くからこの世界に伝わるルールであり、神々の時代より伝わるしきたりでもある。

そしてそのルールは古より存在していた【七魔神】にとっても馴染み深いものであり、デスペラルドの最も好く「遊興」の一つだった。

『では勝負といこうか。勝者が敗者を食らう、単純明快なこの世の真理を見せつけてくれよう！』

デスペラルドはダンジョン奥深くの玉座に鎮座しながら、骨の頭をカラカラと鳴らして笑った。

傷ついた侵入者を嬲《なぶ》るのは容易かろうと、そんな余裕を思い描きながら。

……ちなみに、これは余談ではあるが。

デスペラルドは少し前に『このような脆弱な駄作、我が居城の汚点なり』と評して、ダンジョンから生まれた一匹の子魔物を地上に打ち捨てていた。

なお、その子魔物ことミャーの存在が呼び水となり、マグや神獣たちが「魔物の潜む洞窟」と言ってこのダンジョンを探し当てる結果に繋がったことを……デスペラルドが知る日は、恐らくこないであろう。

＊＊＊

『GUOOOOO！！！』

「……っ！　キリがないな!!」

長剣を振るって目の前まで迫った魔物を切り捨て、死体を渓谷に蹴り捨てていく。

洞窟から湧き出てくる魔物の数は尋常ではないが、種類も異常だ。

コボルトから始まりゴブリンやスライム、果てはグールまで。

特にグールのようなアンデッドは、これまでこの山では見たこともなかった。

「やっぱりこいつら、どこかの山から洞窟を抜けてここまで来たのか……くっ!?」

『GUUUU……!!』

襲いかかってきたグールの腕を咄嗟に長剣で斬り払い、短剣で喉笛を掻き切って倒す。

だが、アンデッドは生きている人間を襲う傾向にあるためか、倒しても倒してもグールは次々に殺到してくる。

それを見たフィアナは声を荒らげ、爆炎を強めてグールに体当たりを仕掛けた。

「アンデッドども、今すぐご主人さまから離れなよっ！　マイラ！」

「任せて！」

フィアナとマイラが周囲にいる魔物を蹴散らしてくれる中、魔物の群れを尾や前脚でなぎ払っていたローアが遂に痺れを切らせたらしく、大きく叫んだ。

「いい加減、多すぎるよーっ‼」

ローアはブレスを溜めて放ち、魔物の群れを薙ぎ払って消滅させた。

それからすぐそばまで飛んできて、魔物が現れた洞窟を睨んだ。

「あの洞窟、中はダンジョンになっているのかも。これだけたくさんの魔物が入り乱れているってことは、中でどんどん生まれているんじゃないかな」

「そうね、様々な種類の魔物が矢継ぎ早に現れるのはダンジョンの大きな特徴だもの。それに魔力を断つ蔦がなくなってから、嫌な魔力の流れも感じられるし……間違いなさそうね」

「ダンジョンか……」

ローアとマイラの話を聞いて、ダンジョンについて思い返す。

ダンジョンとは、この世界の各所に時たま現れるという魔物の巣窟だ。

強大な力を持つ魔物が山の中や地下空間を拓《ひら》いて、魔物の巣にしてしまうのだ。

ダンジョンを作る理由は魔物の種類によって様々で、身を守るため、力を蓄えるため、果ては最奥で安全に繁殖するためという噂まである。

しかしながら何にせよ、ダンジョン内には多くの魔物が住み着き外にまで出てくるので、人間からはあまり歓迎されていない存在には違いなかった。

「早いうちに対処した方がいいとは思うけど、魔物の巣窟に真正面から突入するってのも……」

ローアたち神獣でも、流石に危ないんじゃないか。

焦り気味にそう言いかけたが、それより先にフィアナがかぶりを振った。

「ううん、あたしは今ここで叩いた方がいいと思うよ、ご主人さま。何せダンジョンを作った奴にはもうあたしたちの存在はバレてるだろうし。多分こうやって簡単に侵入できるチャンスは今回きりじゃないかな」

「うん、わたしもそう思う。そもそもこの山にダンジョンがあるなら、わたしが縄張りを主張したところで意味がないし、お兄ちゃんにとってもいいことはないかなーって。それに縄張りの中にジメジメしたダンジョンがあるのは、ちょっとどころかすごーく嫌」

「このままダンジョンを放置して巨大化したら、この山の中身が丸ごと取り込まれるかも。そうなったら、わたしたちでも手の付けようがないわ」

顔をしかめる三人の話からして、事態は思っていた以上に切迫していることが窺《うかが》える。

ここは一つ、覚悟を決めるべきか。

「……分かった、それなら今すぐ乗り込もう。俺だって、せっかく住みやすくした家が魔物に壊されたくはないしな」

それから洞窟ことダンジョンに突入する前、ローアたちはダンジョンに関する予備知識をあれこれと教えてくれた。

要点だけをかいつまんで言えば、ダンジョンの最奥に居座る主こと「親」の魔物を倒せばダンジョンは機能を失い、ダンジョンから生み出された「子」の魔物も同時に消え去るらしい。

「……ってことで、わたしたちはダンジョンの最奥を目指さないといけないの。だからいい、お兄ちゃん？　ダンジョンの主を見つけたら見敵必殺、これは絶対だよ？」

「あ、ああ。肝に命じておく」

長が襲来した時のように気迫を滾《たぎ》らせるローアには、とんでもない迫力があった。

……なるほど、縄張りを侵されてローアも大分怒っていると。

これはローアのためにも、最奥まで行ってダンジョンの主を倒す必要がある。

それに皆でゆっくりと過ごす生活を守るためにも、このダンジョンを放置することはできない。

改めて気を引き締め、三人と共に渓谷を降りてダンジョンへと突入した。


フィアナの炎で視界を確保しながら、ダンジョンの中を進んで行く。

最初は単なる洞窟といった様子だったが、奥へ進むにつれて次第にその印象は薄れていった。

「流石にダンジョン、まるでおとぎ話に出てくる迷宮だな……」

周りには岩を切り出した階段や壁際の松明《たいまつ》など、明らかに人工的に作られた環境が広がっていた。

それに壁のひび割れから時々スライムが姿を覗かせていて、いかにも魔物の巣窟といった様子だ。

加えて薄暗い上に空気も淀んでいて、ここはよくないものの溜まり場だと直感的に分かった。

「これは皆の言う通り、早めに対処しなきゃ大変なことになるな……」

山の中が全部こうなったら、いつ家に魔物が押し寄せてきてもおかしくない。

それで畑が踏み荒らされたり井戸が壊されたりでもしたら最悪だ。

早急にダンジョンを作った奴を倒す必要があるなと再認識していたら、ふいにローアがすり寄ってきた。

「ローア？」

「……ごめんなさい。ジメジメしていて空も見えないし、やっぱりちょっと怖いかも……」

通路を通りやすいよう人間の姿になったローアは、俺の後ろに隠れた。

その仕草に年相応といった可愛らしさを感じて、少し微笑ましくなった。

「少し意外だな。ローアってドラゴンだし、こういう場所も案外いけるもんだと思ってた」

「……わたしにだって、苦手なものの一つや二つくらい、あるもん」

むくれたローアに、フィアナが茶化すように笑いかけた。

「何よちびドラ。あんた、ドラゴンのくせに怖気付いたの？　さっきはダンジョンの主を見つけたら即倒すみたいなこと言っていたのに」

「お、怖気付いてなんかないもん！　……ちょっと苦手なだけで」

ローアはフィアナに負けじと言い返したが、それでも不安げな様子だった。

そこでローアの頭を撫でて、安心させてやれるよう言った。

「大丈夫だ、大丈夫。フィアナやマイラもいるし、俺も少しは力になってやれるから。伊達にローアたちから力をもらってないし、それに……」

琥珀色の短剣を抜いて、ローアに見せる。

「これをもらった時、ローアたちの為にも力を使うって約束しただろ？　約束はちゃんと守るさ」

「お兄ちゃん……」

ローアは張り付いたままだったが、少し落ち着いたようだった。

また、マイラはこちらの腰にある長剣と手に持つ短剣を交互に見た。

「その剣ってもしかして、二人の力がこもっているのかしら？」

「ああ、ローアとフィアナの力だ。おかげで魔物と多少は戦える訳だけど……どうかしたのか？」

マイラはふふっと微笑んだ。

「そういうことなら、わたしも遅れを取る訳にもいかないわね。曲がりなりにも、あなたの家の居候だし……あらっ？」

マイラが話している最中、向かいの曲がり角から魔物が飛び出してきた。

『GUUUUU!!!』

覆い被さるようにして襲いかかってきたグールの首を、マイラは鋭いハイキックで蹴り飛ばす。

次いで飛び出してくる二体目と三体目は、水の槍を作って一突きにしてしまった。

たった数秒間の早業。

人間の姿でありながら、その技量は人間の範疇をはるかに凌駕していた。

「うおぉ……流石だな。俺もマイラくらい素早く動ければいいんだけども」

「わたしくらい素早くって言うのは、人間の【呼び出し手】さんには少し難しいかもしれないわね。それでも……」

マイラは手のひらに水球を溜め込み、何故かこちらに向かって投げてきた。

そして水球は手前で広がって盾の形になり……岩陰から飛びかかってきたスライムの攻撃を、完全に防いでいた。

「あなたが危なくなったら、こうしていつでも力を貸すわ。だから安心して」

マイラは展開した水の盾を槍型にして、そのままスライムの核を刺し貫いて消滅させた。

あまりにも自由自在なマイラの技の前に、ローアやフィアナもぽかんとしていた。

「マイラが水を操れるとは知っていたけど、こんなに上手く操れるんだね……」

「大分高精度っていうか。あたしの場合は炎だからあんまり比べられるものでもないんだけどさ……」

二人から褒められて満更でもないようで、マイラは少しだけ得意げになった。

「わたしも【呼び出し手】さんの家の近くで、毎日修行を続けているから。これくらいはできなくっちゃね。あ、それとせっかくだから」

マイラは神獣の力で水を変化させ、手渡してきた。

「これを受け取ってくれるかしら」

「腕輪……？」

マイラが差し出してきたのは、波のような意匠が彫られた澄んだ空色の腕輪だった。

氷細工にも見えるそれは、触っただけで溶けてしまいそうな質感。

元が水だったとは思えないほどに、精緻な作りをしていた。

「これはわたしの力の一部。さっきみたいな魔物の不意打ち程度なら簡単に防げる筈よ。大切に使ってね？」

「雑には扱わないから、安心してくれよ」

マイラからもらった腕輪を腕にはめてみる。

すると腕輪の方から、力の使い方がある程度伝わってきた。

フィアナの剣から出る爆炎の時もそうだったが、力の使い方を説明されなくても分かるというのはかなり不思議な気分だ。

寧ろずっと前から知っていたような、そんな気さえするくらいに馴染むというか。

これもまた【呼び出し手】スキルの一部なのだろうか。

「……さん、【呼び出し手】さん？　ぼうっとしているようだけど、腕輪が合わなかったとか？」

考え事をしていたら、いつの間にかマイラが覗き込んできていた。

「いや、何でもない。それに腕輪は綺麗だし軽くて大きさも丁度いい。マイラ、本当にありがとうな」

「いいのよ。わたしも居候だし、こうやって少しでも家主さんに貢献しないと、ね？」

ウインクしてきたマイラに、思わず小さく頬をかいた。

「俺の方こそ、今まで井戸とか温泉の件で散々お世話になっているんだけどな……」

「それでもいいのよ、わたしの気持ちとして受け取ってくれれば。何よりお料理とかはいつも任せているから」

マイラは嬉しげにそう言って、再び歩き出した。

……いやはや、ローアは妹、フィアナは同い年くらいってイメージがあるけれども。

マイラは頼りになるお姉さんって雰囲気で、一緒にいると安心できる感覚がある。

それでもいつかは、逆にマイラを安心させてやれるくらいになりたい。

そんなことを思いながら、皆と一緒にダンジョンの奥へと向かった。


ダンジョンを進むこと自体は、端的に言うと神獣たち三人が規格外に強いこともあってさほど難しくはなかった。

それに自分も三人の力の一部を借りている身なので、そこいらの魔物には負けはしなかったし、寧ろ意地でも負けられないのでどうにかこうにか戦えていた。

……けれど。

「何だかさっきから誘導されている気分だな……。魔物の配置とかから、そんな気がしないか？」

そう、さっきから分かれ道があっても魔物が襲ってきて、一方の道へ誘い込まれているような。

そんな違和感があった。

ローアは少し考え込むような仕草をした。

「うーん、実はわたしも。……そろそろダンジョンの中間地点にさしかかっているのかも」

「中間地点？」

ローアはこくりと頷いた。

「ダンジョンの中間地点って大抵は大部屋になっていて、【番人】って呼ばれる魔物がそこを守っているの。もしかしたらダンジョンの主は、わたしたちの力を試すために早くそこへ連れて行きたいのかも」

「まあ、それならそれでいいじゃない。ダンジョンの最奥に行くには絶対【番人】のいる大部屋は通らなきゃいけないし。あっちが誘導してくれるなら、最奥を目指すあたしたちにとっては願ったり叶ったりじゃない」

フィアナはいつも通り、快活に言った。

その姿にいくらか元気をもらえた気がして、心に積もった不安感が拭われた気がする。

「……ああ、そうだな。前向きに考えれば、逆に手っ取り早くていいかもしれない」

「その通り！　ご主人さまも分かってきたねー！」

がばっと肩を組んできたフィアナを見て、ローアも負けじと「わたしもわたしも～！」とぴょんぴょん跳ねるが、残念ながら身長が足りていなかった。

フィアナは必死に飛び跳ねるローアを見て、ぷっと吹き出した
「ローアはまだちびドラなんだから、抱きつくくらいで我慢しときなよ」

「んむ～っ。……ここがダンジョンじゃなかったら、わたしだってお兄ちゃんにおんぶくらいしてもらえたのに」

ローアはあまりに残念そうな様子で、唇を尖らせていた。

「そんなにしょげないでくれよ。ダンジョンから出たらおんぶでも何でも、好きなだけしてやるって約束するから」

ローアは残念そうな表情から一転、表情を明るくした。

「本当？　約束だよ、お兄ちゃん！」

「ちゃんと守るよ」

……と、ローアと話をしながら進んでいると、目の前に巨大な扉が現れた。

いぶし銀の無骨な鉄扉は、トロルをも上回る巨人が出入りしそうなくらいに巨大だった。

「この先が大部屋のようね。となると、待ち構えているのは【番人】……」

マイラの静かでも普段以上に硬い声音に、警戒を強める。

それからフィアナもまた、ほんの少しだけ低い声音で言った。

「ご主人さまは、あまり無茶はしないで。これだけの規模のダンジョンの【番人】ってなると、あたしたちでも苦戦するレベルかもしれないから」

「分かった。でも、援護くらいはさせて欲しい。何もしないって言うのも流石に悪い」

フィアナの力が宿った長剣から吹き出る爆炎を投げ飛ばせば、牽制くらいはできる筈だ。

それにローアの短剣やマイラの腕輪で地面や水を盾にもできる。

多少のサポートなら、どうにかこなせそうではある。

三人もそこは分かってくれたのか、頷いてくれた。

「大丈夫。お兄ちゃんは何もできないなんて思ってないから。……本当のことを言えば、お兄ちゃんがいなかったらわたしの方が怖くてここまで進めなかったと思うし」

ローアはそう言い、両手を広げて抱きついてきた。

俺もローアを抱きしめ返し、そのまま少し。

「もう大丈夫か？」

「……あと三十秒」

ローアは今まで以上に強く抱きついてきてから、柔らかく微笑んで離れた。

それから光を纏って、ドラゴンの姿になった。

「この扉、壊しちゃうよっ!!」

「ローア！　あたしもその扉ぶち破るのに力を貸すよ!!」

ローアのブレスと不死鳥の姿となったフィアナの爆炎が、巨大な鉄扉に殺到する。

神獣たちの攻撃を受けた扉は容易に融解し、吹き飛んでしまった。

「行きましょう！」

ケルピー本来の姿に戻ったマイラの掛け声で、一斉に【番人】の部屋へと突入していく。

部屋の中は巨大な闘技場といった様子で、中央には甲冑を纏い大剣と大盾で武装した戦士が立っていた。

それもただの戦士ではなく、人間と竜を混ぜたような風貌の、謂わば竜戦士。

だが、その体は肉のない骸骨で、体躯は先ほど破った巨大な扉に見合うだけの巨体。

何よりその体から立ち上る闇色の闘気が只者ではないことを物語っていた。

「ローア、これって……！」

「……うん、フィアナの思っている通り。竜人のアンデッド、屍竜人《リザードマン・ネクロ》」

「でも、単なる屍竜人《リザードマン・ネクロ》でもなさそうね。ダンジョンの主から強い呪いをかけられているわ……！」

目の前に現れた【番人】を前にして、神獣三人は強く警戒していた。

そして神獣が三人がかりでも警戒するほどの手合いとは即ち、文字通り「神獣並み」の相手に他ならない。

『RUOOOOOOO！！！』

屍竜人《リザードマン・ネクロ》が喉のない体で咆哮を上げ、巨大な剣を水平に振るった。

それだけで周囲に衝撃波が走り、神獣三人ですら踏ん張って堪えるほどの威力を解き放った。

「くっ……!?」

長剣を杖代わりにして、何とか持ちこたえる。

大風圧の後、ローアは屍竜人《リザードマン・ネクロ》に向かい問答無用でブレスを放った。

「これでも、食らえーっ！」

光を集束したローアのブレスは、魔物の体どころか岩盤すら穿《うが》つ威力を誇る。

いくら【番人】でも直撃すれば無事では済まないだろう。

……だがそんな見解は、すぐに打ち砕かれた。

「っ、嘘だろ……!?」

『GUOOO……！！！』

骸骨の竜戦士は手にしていた大盾を駆使して、ローアのブレスを真正面から受けるのではなく上手く斜めに逸らしてしまった。

ローアのブレスはあらぬ方向へ曲がり、【番人】の部屋の一角を崩すに留まった。

「あの盾、魔力を捻じ曲げている……！　こりゃちょっと厄介だね！」

フィアナは高速で飛翔しながら爆炎を次々に叩き込むが、屍竜人《リザードマン・ネクロ》は巨躯に見合わない素早さと最低限の動きで全ての攻撃を回避していく。

神獣たちの攻撃を何度も捌く奴は間違いなく化け物、だが。

「マイラ、どう思うー？」

「そうね、一人一人だと難しくても……四人がかりなら倒せなくもないわね」

ローアに聞かれたマイラが冷静に分析したように、全員でかかれば倒せないこともないだろう。

こちらは一人一人バラバラではなく、力を合わせることができる。

勝機は充分にある。

まずは前に出ているローアとフィアナを援護しようと、長剣を引き抜こうとして——

『お前からだ』

——マイラの真横の空間が「割れた」ことに気がついた。

「……！」

「きゃっ⁉」

割れた空間を見て背筋に嫌なものが走ってからは、もう一も二もない。

全力でマイラを突き飛ばし、どうにかその割れた空間から距離を取らせることに成功した。

だが、割れた空間の目の前にいる自分は。

「ぐっ、クソ……⁉」

割れた空間から伸びてきた巨大な手にガッチリと捕まり、そのまま引きずりこまれていった。

「嘘、そんな……⁉」

状況に気がついたマイラが咄嗟に助けようとしてくれたが、どうにも間に合いそうにない。

できる限り声を張り上げ、三人に伝える。

「こっちは俺だけでどうにかしてみせる！　だから皆は、あの【番人】を倒すのに集中してくれ！」

「お兄ちゃーーーん！」

「ご主人さま……っ！」

皆の叫びを最後に、割れた空間へと完全に引きずり込まれる。

「ぐっ……⁉」

一瞬、意識が暗転したような感覚に陥った。

上下左右が捻れ、時間の感覚すら狂わされたかのような。

その直後、すぐそばから聞こえた重々しく魂まで凍るような声音にすぐさま我に返った。

『何だ？　神獣どもに混じってこのようなジャリがいたのか』

「……がはっ⁉」

重い声が聞こえたのと同時、投げ飛ばされて宙を舞い、岩肌に叩きつけられる。

肺から空気が絞り出されて視界がチカチカとするが、倒れている場合でもないかと即座に起き上がる。

そして目の前に現れたのは……巨大な骸骨の化け物だった。

「明らかに生き物じゃないよな、こいつ……」

化け物は体中が骨で構成されていて、その上、闇色の外套にも見える瘴気を纏っている。

落ち窪んだ眼窩からは赤い光が爛々と照っていて、まるでおとぎ話に出てくる死神のようだった。

化け物は俺が立ち上がったのを見て、骨と骨を打ち合わせたような音を立てた。

……それが奴の笑い声だと気がつくまで、あまり時間はかからなかった。

『クカカカカ！　ジャリの分際で立ち上がるか、どうして中々気骨のある奴‼』

「お前、一体何者だ！　どうしてマイラを狙った‼」

長剣の柄を握り、化け物に負けじと吠えかかる。

目の前の奴からは尋常ならざるプレッシャーが放たれていて、気を抜けば心臓を握り潰されそうな気さえした。

化け物は眼窩から放つ光を増し、地下空間内に反響する声音で名乗った。

『オレの名を聞くか、ジャリごときが！　しかしよいだろう、冥土の土産に教えてやろう。オレの名はデスペラルド。【七魔神】の一柱にしてこのダンジョンを統べる者なり！』

「なっ……【魔神】だと!?」

そんな馬鹿な、【魔神】は初代【呼び出し手】と相打ちになったのではないのか。

だが奴は【七魔神】と言った。

……まさか、【魔神】は全部で七体もいるのか!?

「それにダンジョンを統べる者、か。お前のいる場所に連れてこられたってことは、つまりここがダンジョンの最奥か」

『カカカ、おうとも。お前たちがたどり着くのを待っているのも、思っていた以上に退屈でな。そこで【番人】の部屋まで到達した褒美として神獣どもを一体ずつ我が居室に案内し、料理してやろうと思ったまでのこと。……だが釣れたのがジャリとは、興ざめもいいところだ』

デスペラルドは心底つまらなさそうに呟いた。

次いで体に纏う闇の瘴気を強め、そこから闇色の大鎌を掴み出した。

いよいよもって、目の前の【魔神】が本物の死神に見えてくる。

『お前はオレの前に立つにはふさわしくない、食らう価値もない。ならばこの鎌で肉を裂き、内臓をえぐり出してからダンジョンを徘徊するグールの末席に加えてやるのがせめてもの慈悲というもの』

「随分と身勝手な言い様《よう》だけど、俺だってそう簡単にやられるつもりはない。こんなジメジメしたところでくたばったら、ローアをおんぶするって約束も守れないしな！」

長剣を引き抜き、フィアナの力を全力で解放する。

実を言えば前に長が襲来してきたこともあり、有事の際にはある程度戦えるよう、武器から神獣の力を引き出す鍛錬をこれまで少しずつ積んでいた。

その成果か、刃から爆炎が立ち上るだけでなく、周囲では炎を孕んだ竜巻が吹き荒れていた。

その炎を見て、デスペラルドが僅かに目を細めた気がした。

『ほお、人間《ジャリ》のくせに神獣の力を扱うか。何よりあの男を彷彿とさせるその目、実に不愉快なり!!

その不敬は万死に値する!!』

デスペラルドはぶつくさと吐き捨てるように言い放ち、大鎌を振り上げて迫りくる。

殺気に肌が痺れ、脅威から遠ざかろうと反射的に体が動き出す。

「う、おおぉ……っ!!」

デスペラルドの体躯は、軽く見積もってもこちらの五倍以上はある。

それほどの巨躯から放たれる大鎌の一閃は絶対に受けられないと、全力でその場から飛び退いた。

『チィッ、ちょこまかと……!』

デスペラルドの大鎌が残像を残して地を割り砕いた時には、既にひと蹴りで遠方まで下がっていた。

普段ならこんなにも超人的な力は出せないが、今はフィアナの爆炎を全身に纏って強化されている状態。

あんな規格外の化け物の攻撃も、全力なら回避も難しくない。

『ならばこれはどうだ、もっと舞うがいい！』

デスペラルドは体から闇色の瘴気を吹き出し、矢のような形状に変化させて雨あられと撃ってきた。

矢は一本一本が人間の背丈ほどもあり、一発掠めただけでも体の各所を捥《も》ぎ飛ばされかねない。

「借りるぞ、ローア！」

地下でも陽光のような輝きを失わない短剣を引き抜いて水平に振り、地巌竜《アースドラゴン》の力で直下の地面を隆起させる。

その反動で天井すれすれまで跳ね飛び、矢の雨を間一髪で避け切った。

『不死鳥の力に、ドラゴンの権能……！　お前、まさかこの時代における【神獣使い】か!!』

「【神獣使い】……？　【呼び出し手】のことか？」

『戯れ言を……ッ！　その力をこのデスペラルドの前で振るうことの意味、身を以て教えてやろう!!』

激昂したデスペラルドは、瘴気の矢を次々に放ってきた。

それに合わせて、勘任せに体を捻って初撃を躱す。

迫る二撃目以降は目視で大まかな軌道を予想しながら、フィアナの爆炎とローアの能力を使い回避を重ねていくが、このままではジリ貧なのも事実。

剣が届かなければ攻め手に欠ける。

ならばここは……臆さず突っ込むのが正解と見た。

「フッ！」

両足に力を込め、地を蹴り砕く勢いでデスペラルドへと跳躍する。

『わざわざ飛び込んでくるとは！　愚かなり【神獣使い】！』

デスペラルドはこちらを真っ二つにしようと、大鎌を横薙ぎにしてきた。

跳躍して空中にいる以上、今更体勢も変えられずに回避も不可能。

……されど、防御は可能。

「マイラの水防御を舐めるなよ！」

腕輪から水が解き放たれ、大盾の形状となってデスペラルドの大鎌を防ぎきる。

大鎌からは闇の瘴気が漏れ出し、大盾と接触している面からはチリチリと火花が散っていた。

『小細工を……！』

水の大盾に攻撃を阻まれ、デスペラルドが動きを止めた一瞬の隙を逃さない。

「倍返しだッ！」

長剣から吹き出る爆炎を最大限にして、勢いそのままにデスペラルドの大鎌を斬り上げる。

『グゥッ……!?』

大鎌と共にデスペラルドの両腕が跳ね上がった刹那、真正面にまで迫っていたデスペラルドの胴をすれ違いざまに長剣と短剣で切り裂いた。

決して軽くはなかった反撃に、デスペラルドは苦悶の声を上げた。

『ガァア、貴様ァ……!!』

デスペラルドの体は切り裂かれた部分の瘴気が消え失せ、光にかき消されたようになっていた。

その光景と連動するかのように、【呼び出し手】スキルが教えてくれた。

たとえ正真正銘の【魔神】であったとしても、神獣の力が宿った武器の攻撃なら十分有効打になりうると。

『赦《ゆる》さん、赦さぬぞ！　このデスペラルドに手傷を負わせた以上、ただで死ねると思うなァ！！！』

デスペラルドは体から吹き出す漆黒の瘴気を強め、周囲を闇で閉ざす勢いだった。

どうやら【魔神】を本気にさせてしまったらしいと冷や汗が垂れ落ちる。

けれど動揺は表に出さない。

出せば不意を突かれて殺される、確信めいた感覚があった。

震えで鳴りそうになる歯の根を噛み抑え、空気にすら重みを感じそうになる圧力の中。

「……っ！」

いよいよ【魔神】の本領を発揮しつつあるデスペラルドに相対し、恐怖を押し殺すように剣の柄を握りしめた。

＊＊＊

『ゴルルルル……』

自身の体に刻まれた切り傷を忌々しげに眺め、デスペラルドは低く呻いた。

デスペラルドの体を覆う瘴気の正体は超高密度の魔力であり、それはあらゆる物理攻撃を受け止め魔術を阻む障壁にも転換可能な代物だ。

だからこそデスペラルドは無敵の【七魔神】の一柱として、かつては世界最強の一角として君臨していた。

しかしながら、デスペラルド自身に攻撃を加えることは不可能ではない。

その手段は、例を挙げるとするならば。

『神獣を束ねし、忌々しい【神獣使い】が……ッ！』

【七魔神】ほどでないにせよ高密度の魔力の塊である、神獣の力が篭った攻撃などだ。

かつて初代【呼び出し手】が【七魔神】をいくらか倒せたのは、要するに神獣の力を幾重にも束ね、彼らが生み出す瘴気の防壁を強行突破できたからに他ならない。

加えてデスペラルドは復活してまだ長くなく、力どころかその身に纏う瘴気も全盛期のように完全ではない。

……それは、つまり。

『させるものか、ジャリ如きに再び我が身を砕かせはせんぞ！　小僧ォォォォォ！！！』

ローア、フィアナ、マイラという三体もの神獣の力を「武装」する形でその身に束ねているマグであれば、十分にデスペラルドを打倒できるということである。

まさか目の前のジャリが三体もの神獣の力を束ねているとは、とデスペラルドは歯嚙みした。

神獣どもをダンジョン最奥に引きずり込んで各個撃破するつもりが、この時代における自身最大級の天敵を呼び寄せてしまったことを、今更ながらに理解したのだった。

とは言え、一方のマグと言えど――

＊＊＊

（――まずいな、段々息があがってきた。神獣の力が大きすぎて、体にかかる負担も馬鹿にならない……!!）

デスペラルドの攻撃を捌きながら、疲労の高まりを感じて目を細める。

武装から神獣三人の力を引き出し続けてどれくらい経過したのか。

身体能力は神憑《かみがか》り的なまでに向上していたが、流石にデメリットもあるようで、疲労感が無視できない域にまで達しようとしていた。

「【魔神】を倒す活路は見えたけど、長期戦はヤバいか……くっ!?」

『どうした【神獣使い】！　先ほどまでの威勢は失せたか!!』

デスペラルドは巨体を活かして、縦横無尽に暴れ回る。

ここが岩だらけの地下空間であるということもあり、奴が拳を打ち付け大鎌を振るうだけで、岩が飛び散り天井の一部までもが剥がれ落ちてくる。

奴の攻撃も飛んでくる岩も降ってくる天井も、まともに当たれば致命傷は免れない。

「ダメだ、このままじゃ近寄ることも……！」

デスペラルドの攻撃を紙一重で回避しながら、思考は奴を倒す方向へ傾ける。

人間二つのことは同時にできないとよく言うが、今は強引にでもこなさなければ死ぬ状況だ。

『ふん、甘いぞッ！』

デスペラルドは構えていた拳を突如として引っ込め、瘴気を矢にして飛ばす体勢を取った。

その動作に一瞬のみ疑問を覚えるも、至近距離まで詰め寄られていたことから必然的に後ろへ下がるが……奴の行動の意味はその直後に理解できた。

「……壁際か⁉」

『今更気がついても遅いわァ！』

狭苦しい地下空間が災いして、いつの間にか壁際にまで追い込まれていたのだ。

デスペラルドは幾重にも瘴気を使い、矢を百に届く勢いで生成して高笑いした。

『これで終わりだ。悔いて逝くがいい、【神獣使い】‼』

「……おいおい⁉　こんな数ありか⁉」

一本一本が規格外に巨大な矢が、視界いっぱいに展開される。

その数は雑に数えても、優に百は超えていた。

「まずい……！」

逃げを許さぬ飽和攻撃の構えに、冷や汗が垂れ落ち心臓がより強く鼓動を打つ。

一発でもまともに当たれば即死の上にこの数、回避も防御も完全には不可能だ。

——となれば、迷っている暇もなく……！

「イチかバチかだッ！」

長剣と短剣を構えて、デスペラルドに向かい特攻を仕掛ける。

後ろへ回避しきるのが不可能な此の期に及んでは、前に突き進むしかないのは明白。

そのまま棒立ちしていたら、何もできずに死が確定する……！

「ウオオオオオオ！」

『カカカカカ！　自棄とは面白い、このデスペラルドを愉しませてみせろ!!』

デスペラルドは腕を振り下ろし、矢の雨を解き放った。

こちらは前方へと展開したマイラの水の盾を頼りに、前へ前へと突き進んでいく。

だが、さしものマイラの力も【魔神】の矢の雨を全ては防ぎ切れず、盾が砕けた箇所から矢が次々に掠めていく。

その度に肌と肉が削れ、激痛が走って喉奥から声が漏れた。

「ぐ、あぁぁ……！」

『終わりだ、終われ！【神獣使い】！』

「まだだ、まだ……っ！」

長剣から地面を抉るほどの爆炎を吹かせて、その反動で真横へと強引に飛び退いて奴の攻撃範囲から逃れる。

乱回転しながら倒れこむようにして着地した時には、既に体中深い裂傷だらけで血まみれだった。

それに力を使いすぎたのか、今にも倒れたまま意識が飛びそうだ。

——だとしても、まだ生きている。まだ奴に食らいつけるだけの気力は残っている……！

顔を上げて睨みつけると、デスペラルドは歯ぎしりした。

『……その目、その目だ。このオレを射殺すような鋭い眼光、生を滾らせる強い瞳。オレはかつてその目を持った男をたかがジャリと侮り、滅ぼされかけたのだ……！』

デスペラルドは地獄から吹く風のような咆哮を上げ、その身から吹き出す瘴気を大鎌に凝縮させていった。

『最後に言おう、【神獣使い】！　お前は弱くなどなかった。オレの攻撃を幾重にも凌ぎ、あまつさえ滅びの恐怖をも抱かせた！　恐らくは、蘇ったこの時代における最大級の天敵であったことだろう……だが！』

デスペラルドは骨張った空っぽの大口で嘲笑し、大鎌を構えた。

『分かる、オレには分かるぞ！　三体もの神獣の力に、お前の体はまだ慣れきっていない。神獣の力を扱う限界を迎えつつある今、お前に最早勝機はない!!』

長剣を杖代わりにしてよろめきながら立ち上がり、デスペラルドを見据える。

「ああ……多分、お前の言う通りだ。今の俺じゃあ、皆の力を使い続けるのは難しいかもしれない。

……でもな」

長剣と短剣を構え、デスペラルドに吠えかかった。

「体が動かなくなる前に、お前を叩き斬ってやる!!」

『ほざけ、下等種族めがァ！！！』

デスペラルドは大鎌を振るって、今度こそ命を絶ちにきた。

小細工なしの真っ向勝負。

奴の動きは残像すら置き捨て、目で捉えるのが難しいほどの速度。

この分だとカウンターを決める前に、奴の鎌の餌食になると勘で理解する。

ならば、受けて立つまで。

「ぐ、おおおおおおおおおおおおお！！！」

ガァン！　と鉄と鉄のかち合う甲高い激音が轟く。

大鎌と長剣、短剣が激突し、激しく火花を散らす。

足場が砕け、衝撃の余波で周囲の岩が木っ端のように吹き飛んでいく。

凄まじい負荷が体中にかかり、両腕は神獣の力で強化されているものの血が吹き出していた。

それでも膝は折らない、決して折れない。

死に体寸前のこちらを見て、デスペラルドは恐れるように声を震わせた。

『何故、何故倒れんのだ!?　肉体が既に限界を超えているのは明白！　なのに何故……!?』

「何故？　……簡単な話だ」

デスペラルドを睨みつけ、両腕に込める力を更に増し、喉奥から声を絞り出す。

「死ねないからだ。俺はまだこんなところで満足して死ねるほど生きちゃいないし、ローアとの約束だってあるんだよ……！」

……そうとも。

まだ、こんなところでは死ねない。

かつては【デコイ】を授かって死ぬような運命、受け入れられるかと思っていた。

けれど、今はそれだけではない、一人ではない。

帰りを待ってくれている皆がいる。

「【魔神】だか何だか知らないが、お前なんぞに負けてやる道理はない！　それにお前はローアたちを狙っていたらしいけどな。その時点でも、負けられないんだよ……!!」

この力は前に、ローアたちのために使うとも約束した。

なら俺が退く訳にはいかない、ローアたちを守るためにも絶対に。

深淵よりもなお暗い【魔神】の居城の最奥から、天高くまで声を届けるほどに絶叫し、神獣の武装に呼びかける。

「森羅万象を司る神獣の権能よ……頼む！　この体を使い潰しても構わない、奴を倒す力を、皆を守る力を貸してくれッ！」

覚悟を乗せて叫んだ瞬間、武装が神獣の力で光り輝いていく。

短剣が大地を流れる地脈から魔力を吸収し、長剣からは爆炎が吹き荒れ全身が再強化される。

武装から湧き出す光は荒々しくもありながら、それ自体が意思を持っているかのようだった。

——今この場を生き延び守り抜け、目の前に立ちふさがる敵を撃ち倒せと。

それは文字通り……ただ生きていたいという、純粋な生命の力のみが生み出せる輝きだった。

「これだけあれば押し切れるか！」

長剣と短剣を交差させ、死力を尽くして振り切った。

「闇ごと砕けろ、木っ端微塵に!!」

武装に篭っていた神獣の力が斬撃と共に解放され、大鎌が大光量の中で粉々になり消失していく。

その際に生じた大爆発の如き衝撃に、デスペラルドの全身を覆っていた闇の瘴気がかき消えた。

『な、あぁぁ……!? これほどの輝き、これでは最早あの男の……!?』

後ずさりながら、驚愕の声を上げるデスペラルド。

しかし同時に、衝撃の余波で長剣と短剣が手からこぼれて地面に突き刺さってしまった。

――それがどうした、この隙を逃すな。奴を今この場で仕留めなければ後がない……！

腕輪に触れ、練り出した水を槍の形状に変化させ、デスペラルドが態勢を立て直す前に踏み込む。

「水棲馬《ケルピー》の大槍！　奴を貫き、穿ち払えッ！」

体に残った神獣の力をありったけつぎ込んだ渾身の突き。

それをデスペラルドは往生際悪く両腕を交差させ、受け止めた。

だが、槍の先端は神獣の魔力で高速回転してデスペラルドの腕を削り穿っている。

身を削られる苦痛に、デスペラルドはくぐもった声を上げた。

『グ、ガガガガ……!? こんな馬鹿な、あり得ん!! 何故だ、どうしてこのような……!! ……いやそうか、分かったぞ！　違和感の正体がァ！』

デスペラルドは血を吐くように咆哮を上げた。

『このデスペラルドは「何か」に、神獣の力に引かれて目覚めたのだとずっと思っていた。だが違った。オレは神獣の力を感じてはいたが、実のところはお前に引き寄せられていたのだ……！』

「俺にって、まさか【呼び出し手】スキルの副作用か!?」

自分の声は魔物と同じく、ダンジョン深くの【魔神】にまで届いていたのかと思うとなんともやり切れない気持ちになったが、デスペラルドはそれを強く否定した。

「否！　そんな浅はかなものではない。いかなる逆境をも、この【魔神】すら退け生き抜こうとするお前の猛き魂が！　引き寄せるのだ！　善悪を問わず強き者を、勇ましき魂を宿す者を!!」

デスペラルドの両腕にはヒビが入り、次第に砕けていく。

そして奴は最後、その両腕が砕けきる手前で吠えるように告げた。

『不完全ながらこのデスペラルドを滅ぼす【神獣使い】よ、心せよ！【魔神】を倒した人間は最早、人間の範疇にあらず！　その力は必ず、お前をさらなる戦いに誘うであろう……！　その運命、波乱に満ちたものと恐れながらも覚悟せよ!!』

デスペラルドへと血まみれの両腕で槍を押し込み、答えた。

「抜かせ！　たとえこの先何があっても、俺は皆と一緒に一人の人間として生き抜いてやる。お前にとやかく言われる筋合いは一切ない!!」

『ほう、俗物であり続けるか！　このオレを滅する、世界最強の神獣使いが！　だが……それでこそというものか！』

大槍が遂にデスペラルドの両腕を破壊し、奴の胸部に到達して貫通する。

同時、デスペラルドの「核」とでも言うべきものが砕けた感覚が、両腕と魂を通じて伝わってきた。

『オォ……オオオォ……ォ……』

デスペラルドは地に溶け去るようにして、その身を崩壊させていた。

呪詛《じゅそ》も恨みも吐かず、ただ静かに滅んで闇に還っていく。

ドラゴンの間で語り継がれる【魔神】にしては、あっけなく思うほどの最期だった。

「本当に、終わった……よな……」

力を完全に使い果たした自分もまた、膝をついて倒れた。

意識が遠のいていき、激痛を訴えていた体中の感覚が鈍くなっていく。

まるで氷漬けの湖に沈んでいくような気分だった。

——それでも、ローアたちを助けられてよかった。

そんな満足感と安堵を最後に、意識が薄れて闇に閉ざされていった。

# 六章　王都への旅路

「うっ……」

最初に感じたのは、体中を包む気怠《けだる》さ。

次いで意識がゆっくりと覚醒していき、薄く瞼《まぶた》を開く。

「……部屋か」

どうやらいつの間にか、自室のベッドに寝かされていたらしかった。

「俺、デスペラルドを倒した後……」

軽く起き上がって、重い頭で記憶をたどる。

確かダンジョン最奥で意識を失った……のだと思う。

倒れた後の記憶もないので、恐らくは。

「なら、何で自分の部屋に？」

呟いたその時、数度の軽いノックの後に部屋のドアが開いた。

「お兄ちゃん、入るよー……あっ」

よく聞き慣れた、少し舌足らずで柔らかな声。

桶やタオルを持ってきたローアは、目を合わせてから少しの間固まった。

それから目の端に涙を浮かべて、手に持つものを素早く置いて飛びついてきた。

「よかった、目が覚めたんだね！　わたし、本当にどうなるかと思って……！」

「ごめんな、心配かけた」

抱きついてきたローアを抱きしめ返し、そのままでいる。

ローアは鼻声で話し出した。

「お兄ちゃんが危ないって分かっていたんだけど、わたしたちもダンジョンの最奥には簡単に行けなくって。それでも頑張ってたどり着いたら、お兄ちゃんが血まみれで倒れていて……。うぅっ、お兄ちゃんのばかぁ……」

「本当に悪かったよ。……無茶しすぎたって、反省してる」

まったく逃してもらえる雰囲気でもなかったから応戦したものの、あんな化け物を相手によく生きていたものだと思う。

「でも、こうして生きていられるのはローアたちのおかげだ。ローアたちから力を借りていなかったら、きっと今頃【魔神】に殺されていたな」

頭を撫でながら言うと、ローアは目を見開いた。

「【魔神】……!?　それじゃあやっぱり、お兄ちゃんの隣で消えかかっていたのって!?」

「おーい、ローアうるさいよ？　ご主人さまが起きちゃう……って、あ」

ローアの声が外まで聞こえていたようで、眉間に皺を寄せたフィアナも部屋に入ってきた。

そしてこちらを見たフィアナはさっきのローアみたく固まってから、やはり飛びついてきた。

「ご主人さま、もう起きて大丈夫なの!?」

「ちょっ、フィアナ……!?」

フィアナもかなり心配してくれていたようで、ローアに負けないくらいに強く抱きついてきた。

それからフィアナに体をゆっくりと触診された。

「うんうん、怪我もすっかり治ったみたいね。見つけた時は血まみれだったから、どうなることやらと思ったけど」

「血まみれ……ってそうだ。体中の怪我、何で治っているんだ？」

デスペラルドの矢が何度も掠めて、深い傷もあった筈だ。

傷口のあった箇所を見ていたら、今度は開いていた窓の方から聞き慣れた声がした。

「わたしが三日三晩、力を使って治療していたからよ。無事に起きてくれてよかったわ、【呼び出し手】さん」

見ればマイラがひょこりと顔を覗かせて、いつも通りに微笑んでいた。

「そっか、マイラのおかげか。ありがとうな……って、俺三日も寝ていたのか」

ローアもフィアナも心配して抱きついてくる訳だ。

これは反省どころか大反省だなと考えていたら、ローアが話し出した。

「それでお兄ちゃん。さっき言っていた【魔神】についてなんだけど、一体何があったの？」

「ああ、それはな……」

いつになく真面目な表情のローアに、ダンジョン最奥であったことを話した。

ダンジョンの主は【魔神】デスペラルドであり、激しい戦闘になったと。

それに【魔神】は全部で七体いるようで、【七魔神】と名乗られたことも。

「……そうだったんだね。けどまさか【魔神】が七体もいて、その一体がダンジョンの主だったなんて……」

「でも結局、ご主人さまを襲って返り討ちに遭ったんでしょ？【魔神】を討ち取るなんて流石はあたしが見込んだご主人さまね！」

フィアナが首元に抱きついてきたので、「ギ、ギブギブ」とフィアナの手をぽんぽんと軽く叩いた。

一応起きたばかりなのと、フィアナにこうも強く迫られ続けると今でもドギマギしてしまうからだ。

……時たま思うが、フィアナは自分の破壊力を認識すべきだと思う。

「むーっ……。何だかわたしの時と反応がちがーぅ」

「い、いやそんなことないぞ？」

むくれて目を細めたローアをなだめるために頭を撫でていたら、いつの間にかマイラが部屋に入ってきていた。

「あらあら。二人ともそんなに張り付いていると少し妬けてしまうわね。わたしも混ざっていいかしら？」

意味深なことを言い出したマイラに、首を横に振って答える。

「マイラ、二人に乗っからなくてもいいんだぞ？　それに冗談にしてもローアが本気にするようなことは……」

「えいっ」

マイラは小さな掛け声と共に、隣に座って肩を寄せてきた。

それから耳元で艶っぽく囁いた。

「三日間も看病していたんだから、わたしにも少しくらいご褒美があってもいいんじゃない？」

「えっ、ちょっ……!?」

……マズい、これはマズい。

マイラにまで言い寄られると、本当に変な気分になってくる。

――それと何より……！

「……。…………」

遂にローアが、無言で涙目になっていた。

それから大きな声で宣言した。

「わたしもそのうち、絶対絶対ぜーったいに！　ばいんばいんになるんだからー!!」

「お、落ち着けローア!?　今のままでも十分可愛いから……いや、フィアナもマイラも笑わないでくれよ!?　もっとややこしくなるから!!」

……その後、ご機嫌斜めのローアを丸一日撫で続けたところ。

最初はぐすんとしていたローアも、夕方には機嫌を直し。

ダンジョンでの約束通りにおんぶしてやると、普段の調子に戻ってくれた。

……なお、三日間も眠っていた反動からか、その日の晩はフィアナどころかマイラまでベッドに潜り込んできた。

——そろそろ本格的にベッドを大きくしようかな。木もたくさんあるし頑張ればどうにかなりそうな気もする。

そんなことを考えているうちに、皆に挟まれながらいつの間にか眠りについていたのだった。


「……そう言えば、ふと思ったんだけども」

目が覚めてまともに動けるようになった、翌日の朝。

家の隅に固めてあったとある物を指差しながら、ローアたちに聞いた。

「この財宝の山、何だ？」

……そう。

何故かは不明だが、目の前には結構な量の金銀財宝の山ができていた。

難しそうな顔をして本を読んでいたローアは、ぴょこりと顔を上げてから思い出したように話し出した。

「それね、あのダンジョンの奥に隠してあったから持ってきたの」

「そうそう。ダンジョンって大概、この手の宝物がいくらか隠してあったりするものだから。せっかくだしかっぱらって行こうって話になってね」

暇なのか眠たかったのか、机に突っ伏していたフィアナも起き上がって説明をしてくれた。

それから「あ、それとさ」と財宝の山をごそごそと漁って、何かを放り投げてきた。

「ほい。それ付けてみてよ、ご主人さま」

「指輪だよな、これ？」

フィアナが投げて寄越したのは、何の変哲もない鉄の指輪。

財宝の山から取り出したにしては些か地味な代物だが、もしかしたら希少な物なのか。

興味も手伝って、指輪を指に付けてみる……すると。

「うおっ、何か光ってないか？　……文字？」

指輪が光ったと思ったら、蛇がのたくったような文字が浮かび上がった。

「何か見たことない文字だけど、これって？」

「ふっふっふー、よくぞ聞いてくれましたご主人さま！」

フィアナは机から身を乗り出して、得意げに説明を始めた。

……やっぱりさっきまでは暇だったらしいと、何となく察した。

「これは神獣にも伝わっている古い文字なんだよ。初代【呼び出し手】がいた頃までは人間も使っていたみたいだけど……まあいいや。ともかく金銀財宝に混じっていたそれはとっても古い魔道具で、その力は……」

「あらっ？」

フィアナが説明している途中、軽い音を立ててドアが開き、マイラが顔を覗かせた。

「いきなり【呼び出し手】さんの気配がなくなったけれど、外に出たのかしら……へっ？」

マイラはこちらを眺めて、不思議そうに首を傾げた。

俺も「どうかしたのか？」と首を傾げたが、フィアナは何故か腕を組んでうんうんと頷いていた。

「そ、これがその指輪の能力。具体的には持ち主の気配を消せるって寸法。ついでに一部のスキルとか魔術なんかも封じ込めちゃう、本来なら困ったさんなアイテムなんだけどね」

なるほど、マイラの反応はこの指輪のせいだったのか。

そしてフィアナはここからが肝心、と話を続けた。

「あたしが思うに、その指輪を付けている間はご主人さまの【呼び出し手】スキルは封じ込められて、声も周囲の魔物に届かない。つまり今のご主人さまは、あたしたちとこうして接している以外はほぼ一般人って訳」

「……つまり、人里にも降りられるとか？」

「そゆこと！　ご主人さま、そういう話が早いところも好きだよ」

フィアナは財宝を指差して言った。

「これだけ金銀財宝があっても使えないんじゃ勿体ないし、一回人里に降りて買い物にでも行かない？　もちろん、ご主人さまの故郷には行きづらいだろうから、ちょっと離れたところにさ！」

「買い物か、いいなそれ！」

自給自足生活は充実してきたものの、消耗品が足りなくなってきた頃合いだったのだ。

たとえば、調味料。

……ローアもフィアナもマイラも結構食べるのだ、これがまた。

「あ、でも待って」

何かに気づいたらしいローアがゆっくりとやって来て、指輪に触れた。

「……フィアナ、まだ言ってないことあるでしょ？」

じーっと目を細めるローアに、フィアナは後ろ頭をかいた。

「分かっているよ、それはこれから話すってば。……ご主人さまももう知っていると思うけど、【呼び出し手】の力って意外と効果範囲が広いんだよね。出力だけで言えば、そこいらの魔術系スキルに負けないいくらいに」

「それは海の向こうのフィアナにも俺の思いが届くくらいだもんな……でも、それってつまり？」

珍しく遠回しな言い方をするフィアナにそう聞くと、代わりにマイラが答えた。

「いくら魔道具でもこんな指輪程度だと、【呼び出し手】の力は封じられても長くはないのね。保って五日とかじゃないかしら？」

「ま、そゆこと」

「五日か……」

それだけあれば遠出はできるが、それでもたったの五日だけ。

「だとしても、人里に降りられる機会があるだけマシか」

【呼び出し手】スキルのおかげでローアたちに会えたとは言え、魔物を呼び寄せるデメリットのせいで、一生山奥で過ごさなければいけないと思っていた。

だからこそ、また人里に行けるだけでも十分嬉しい。

「それに一度人里に降りて勝手が分かれば、次からはご主人さまの代わりにあたしたちの誰かが買い物に行くことだってできるし。そういう意味でも行く価値はあるかなって思うよ?」

「おお、そりゃ名案だな」

デスペラルドが貯め込んでいた大量の財宝を換金すれば、十分な軍資金になること間違いなしだ。

ここは一つ、皆で買い物兼小旅行に行ってもいいだろう。

指輪の効力の都合上時間も限られているので、皆の意見はすぐにどこかの街へ行くことで一致したのだった。


……とは言え、あまりあてずっぽうな場所へ行く訳にもいかない。

行くならそれなりに物が集まりそうなところで、なおかつ財宝の換金もできそうな場所。

そうなれば、ある程度広い街に行くのがベストだ。

そう提案したところ、何やらローアにアテがあるようで。

「それじゃあお兄ちゃん、行こっか?」

ドラゴン姿のローアが家の前に座り、背中に乗るよう促していた。

「飛んでいくのか?」

「それはそうだよ、わたしドラゴンだもん。それに歩いて行くと遠いけど、飛んでいけばすぐだから。ほら、遠慮せずに乗って?」

ローアに促されるまま、その背に乗った。

滑らかな鱗は手触りがよく、それでいて温かみもある。

不思議と安心する乗り心地だった。

【呼び出し手】さんがローアに乗るとなれば、飛べないわたしはフィアナの背に乗ることになるのかしら？」

「ええー、ケルピー乗せて飛ぶのか……。仕方ないなぁ」

種族的な相性なのか、フィアナはげんなりした表情になっていた。

フィアナは渋々といった雰囲気で不死鳥の姿になると、その背にマイラがちょこんと乗っかった。

それからフィアナは不安げに呟いた。

「……絶対に上から水かけないでよ？　下手したら落ちるから」

「心得ておくわ」

フィアナやマイラも（多分）問題なさそうなのを確認して、ローアが大きく翼を広げた。

「一気に昇るよ。わたしの力でお兄ちゃんを風から守るようにはするけど、ちゃんと掴まってね！」

「ああ……うおぉっ!?」

ローアの羽ばたきは凄まじく、体が沈み込むような感覚の後、一気に空へと舞い上がった。

気がついた時にはもう、真下の家がすっかり小さくなっている。

後ろからフィアナやマイラも付いてきていて、ローアが先導する方向に向かって行く。

「凄いな、今なら雲だって掴めそうだ……！」

地上にいた時には手が届かなかった雲も青空も、今なら間近に感じられる。

飛行速度は凄まじいが、ローアの力のおかげか吹いてくる風は心地よい程度になっている。

それにこうしてローアと飛んでいると、圧倒的な開放感を覚えた。

これがローアの住んでいる世界、竜の目線。

思い切って近くにある雲を突いてみる気持ちで、長剣を抜いて掲げてみる。

首を曲げて視線を向けてきたローアは、ふと話し出した。

「そうやって剣を掲げていると、まるで伝説のドラゴンライダーみたいだね～」

「ドラゴンライダーか……」

その言葉を、憧れも込めて口にする。

ドラゴンライダー、それは竜に跨り如何なる戦場をも戦い抜く伝説の戦士。

圧倒的な竜の権能と乗り手の力によって魔の手から世界を救うとされる、男の子なら誰もが憧れる英雄的存在の象徴。

それがドラゴンライダーだ。

「ちなみにわたしも詳しいことは知らないけど、これまでにいたドラゴンライダーの大半は【呼び出し手】だったみたいだよ？」

「ん、そうなのか」

「うーんと、あくまでわたしの考えなんだけどね？　【呼び出し手】以外でドラゴンと巡り会える人間自体、ほぼいないからじゃないかなーって。わたしの故郷もそうだけど、そもそもドラゴンの住処って人間が入れないような場所が多いから」

「言われてみればそうかもな……」

ダンジョンがあった渓谷、あそこがローアの故郷に似ているって話だったが、ああいう場所に踏み込む人間はそういないに違いない。

【呼び出し手】の力でドラゴンを引き寄せなければ、ローアの言うように人間とドラゴンが出会うこと自体難しいのだろう。

そう思えば、こうやってドラゴンに乗って空を飛ぶ人間というのも歴史上少なかっただろうし、自分がその中の一人というのは何とも不思議な気分だ。

それから少し、語り継がれる伝説のドラゴンライダーもこんな気持ちだったんだろうかと思いながら、青空や地上の風景を楽しんでいた。

……しかし。

「ん？　あれは……」

緑豊だった地表が突然不穏な光景に様変わりして、思わず眉間にしわを寄せた。

「酷いもんだね、大地が削り取られている」

近くに寄ってきたフィアナがこぼしたように、目下の地表は木々諸共削られ、焦げ茶色の荒地と化していた。

その様子は、まるで……。

「大きな何が通り過ぎた跡みたい。お兄ちゃん、あそこに足跡があるよ」

ローアが見つめる先には、小屋一軒分ほどの足跡が残されていた。

そこからこの惨状を作り出した張本人が、規格外的な超大型の魔物であると窺える。

「足跡がこの大きさだと、あの有名な【四大皇獣】の一体がいたのかもしれないわね。とは言え足跡はわたしたちの進行方向に向いていないし、鉢合わせしなさそうなのが救いかしら」

マイラの言ったことは正しく、足跡はこちらの進行方向とは別向きに残されていた。

「東洋のことわざに触らぬ神に祟りなしってのもあるし、ひとまずこのまま進もう……おっ？」

その場から去ろうと速度を上げたローアに掴まっていると、胸元がもぞもぞと動き出した。

「みゃー！」

服の中から勢いよく顔を出したのは、誰あろうミャーだった。

留守番させていても食べ物とかに困るだろうと思って連れてきたものの、ずっと服の中にいるのも退屈だったらしい。

「どうだミャー、お前も気持ちいいか？」

「みゃーぉ！」

元気よく答えてくれたミャーを片手で撫でていたら、ローアが言った。

「今更だけど、ミャーちゃんはやっぱりあのダンジョンの主から捨てられた魔物だったみたいだね。だからダンジョンがなくなっても、こうして元気一杯」

「確かに主を倒してダンジョンが消滅すると、子分の魔物も消えるって話もあったっけ。でも捨て魔物は違うのか……いててて。ミャー、悪かったって」

捨て魔物という言い方が癪《しゃく》だったのか、ミャーは軽くかぶりついてきた。

それを見て、ローアはくすくすと笑った。

「捨てられてダンジョンから完全に切り離された時点で、逆にダンジョンがどうなろうとミャーちゃんにはもう関係なくなったってこと。……あっ！」

雑談をしながら飛んでいるうちに、ローアが声を上げた。

「見て見て、お兄ちゃん！　おっきなお城ー！」

「……お城？」

ローアの言うように、遠方に何やら巨大な城が見えてきた。

また、この時点で薄々おかしな予感はしていた。

というのも、少し遠いが周囲の街の建物が豆粒にしか見えないような大きさの城とは貴族のものにしては大きすぎるだろう。

それくらいの知識は辺境暮らしの自分にもある。

つまりこのルガリア王国内であれだけ巨大な城となれば、恐らく王城などではなかろうか。

「……って、もしかしてあの街って王都か⁉」

思わず素っ頓狂な声を出すと、ローアが首を傾げた。

「おーと？　よく分からないけど、お兄ちゃんの言う広い街ってここでも大丈夫？　前に飛んでいた時におっきな街があるなーって思ったからここに来たんだけど」

「それは大丈夫だ。だけども……」

遠方ながら、視界の先に広がる大都市と城の威容に圧倒される。

今更ローアたちに言うまでもなく、自分は辺境生まれの辺境育ち。

まさかここまでの大都会を目にする日がくるなんて、思ってもみなかったのだ。

「流石に神獣、辺境から王都までひとっ飛びとかスケールが違うなぁ……」

それからはひとまず、四人で王都から少し離れた森に降りた。

ローア曰く「王都に直接降りたら大騒ぎになっちゃうかも」とのことだったからだ。

「なら王都から少し離れた場所に降りて、人間の姿で歩いて行くのが無難か」

「そういうこと〜！」

遠出したからか、人間の姿になったローアはとても上機嫌だった。

それからローアに手を引かれるまま、王都へと向かって行った。


降り立った森を抜けて少し。

すぐそこには、王都を囲う巨大な城壁が現れていた。

「うわぁ、こりゃまたおっきいね……！」

「人間の建築術の結晶、といったところかしら……？」

心の底から驚いたようで、フィアナとマイラは城壁を見上げて固まっていた。

規模もさることながら、王都の城壁は高さの方も森の木々が小さく感じられるほどだった。

こんなに大規模な建造物を見たのは初めてだったので、かく言う自分も少しの間ぽかんと見つめてしまった。

「お兄ちゃん、見惚れるのもいいけど早く行こうよ～」

ぐいぐい腕を引いてくるローアに苦笑して、城壁に設けられている門へと向かう。

大体この手の城郭都市は門で検問をしていると噂では聞いていたが、やはり王都もそうであるらしく衛兵が待ち構えていた。

しかし王都に出入りする人間が多くて逐一詳しく調べられないのか、基本的には衛兵が気になった人を呼び止める程度に留まっていた。

流石に大きな荷馬車などは中身を簡単に検《あらた》められていたが、俺たちは軽装の旅人といった様子だからか特に問題なく通ることができた。

「人がいっぱい～！　でもこの分だと、お兄ちゃんとはぐれた時とか匂いをたどるのは難しいかも」

「お互い迷子にならないようにしないとな。さて、最初の目的地は……」

まずは王都各所に設けられている案内板を見て、換金所を訪れた。

別の街とは言え、前に何度か魔物の素材を換金したことがあったので、手続きなどはスムーズに済んだ。

それから持ってきていた財宝の一部を差し出し、鑑定から換金まで待つことしばらく。

「……ちょっ、これ嘘だろ!?」

金貨がずっしりと詰まった袋をいくらか渡され、声が上ずってしまった。

デスペラルドが貯め込んでいた財宝は素人目から見ても中々の値打ちものだと感じたものの、まさかこれほどとは。

神獣三人も「おぉ〜！」と声を出しているが、これだけあれば半ば小金持ち状態だ。

「財宝をほんの一部を換金しただけでこれって、全部換金したらどうなるんだ……？」

やろうと思えば適当な街の土地を買ってそこに家でも建てられるんじゃないか、そんな気配すらある。

ローアはずっしりとした袋に触れて、聞いてきた。

「これだけあれば、お買い物も足りる？」

「足りるどころか間違いなく余る。三人とも、欲しいものがあったら色々買えるぞ？」

「あ、それ結構嬉しいかも！　もう気になるお店がちらほらって感じだったから」

フィアナは物珍しげに周囲の店を眺めていた。

「でもまずは、必要なものから買っていきましょう？　そのために来たんだから」

マイラの言うことはもっともだったので、調味料や各種消耗品などから買っていく。

流石に王都、質がいいものが多いしまとめ買いすれば単価も安い。

それに今度は三人の誰かに買い物を任せることになると思うので、物の良し悪しの見分け方なんかもざっくりと説明していった。

それから買い物をあらかた終えた後は、一旦休憩しようと皆で広場の長椅子に腰掛けていた。

「王都って人も物もたくさんだね。それに……」

ローアは露店で買った串焼きを幸せそうに頬張った。

「美味しいものもいっぱい～！」

「同感よ。【呼び出し手】さんの作る食事も美味しいけれど、たまにはこういうのも悪くないわね」

「……」

マイラもゆっくり味わうようにして、串焼きを食べていた。

なお、フィアナの方は食べるのに夢中で無言になっている。

「それで食べ終わったらどうする？　行きたいところとかあるか？」

ローアたちは、こうして人間の街に来た経験はほぼ皆無だろう。

だからこそ今日は、買い物以外はローアたちの好きなようにさせてやりたかった。

ローアは顎に手を当てて考えてから、閃いたように言った。

「お兄ちゃん、行きたいお店があるんだけどいい？」

「構わないけど、ちなみにその店って？」

「ちょっとついて来て」

串焼きを食べきってから露店の店主に金串を渡し、ローアの後について行く。

ローアが向かった先は、さっき買い物をした時に通り過ぎた書店だった。

「ここか、ローアが行きたかったのって」

「うん。ちょっと本が欲しいなーって思ったの。いい、お兄ちゃん？」

「軍資金も大量だし、問題なしだ」

そう言うと、ローアは嬉しそうにしながら書店へ入って行った。

それに続きながら、フィアナが意外そうに言った。

「しっかしローアが本かぁ、案外高尚な趣味を持っていたもんだね」

「まあ、意外に思ったのは俺もだ。ローアってどっちかといえば活発だしな」

「でもそこまで小難しい本は好かないみたいよ？」

ウインクするマイラが見ていた先にいたローアは、絵本……とまではいかないにせよ、挿絵の多い読みやすそうな小説をいくつか手に取っていた。

それからページをめくりながら「ふんふん」と可愛らしく唸っていた。

似たような姿のローアをどこかで見たような……と考えてみると、最近ローアが少しずつ本を読んでいたのを思い出した。

「ローア。本、好きなのか？」

側まで行って聞くと、ローアはこくりと頷いた。

「実は最近好きになったの。お兄ちゃんが持っていた本はちょっと難しかったけど、読んでいて面白かったから。……それにね」

ローアは後ろにいる俺に軽くもたれかかり、柔らかく微笑みながら言った。

「これからお兄ちゃんと暮らしていくなら、人間の文字をもっともっと覚えなくちゃって。そう思ったの」

それからローアは店の中を物色し続け、気に入ったらしいものをいくつか購入した。

ローアの満足げな表情を見て、これだけでも王都に来た価値はあると思えた。

……ただし、本が好きなローアや、図鑑などを眺めて書店をそこそこ楽しんだらしいマイラとは対照的に。

「うぅっ、文字ばっかり見ていたら頭痛くなってきた……。いや、あたしは文字読めるけど。それでも……ね」

フィアナはあまり読書が得意ではないようで、若干目を回している様子だった。

神獣でも苦手なものはとことん苦手らしいと、少しだけ吹き出してしまった。

「もぉ……あまり笑わないでよ。ご主人さまのいじわる」

「悪かった悪かった」

若干拗ね気味なフィアナをなだめながら、書店を後にするのだった。


「ふあぁー、とっても楽しかった～」

大きなあくびをしたローアはふかふかのベッドに勢いよく倒れ込み、そのまま仰向けになった。

皆で王都を回っていたら、いつの間にか日が暮れてしまっていた。

そこで手近な宿を取って、泊まることにしたのだ。

……ちなみに部屋はローアたち三人と自分一人とで二部屋にするつもりだったが、三人から謎の大反対を受けて今に至る。

「あたしも一日中美味しいものが食べられて大満足。人間の街で食べ歩きってのもいいね～」

幸せそうなオーラを出すフィアナも、ベッドにごろ寝した。

それからマイラがベッドに腰掛け、ふぅと一息ついた。

「わたしも人間の街を歩いた経験は少なかったから、目新しいものばかりで心が弾んだわ」

それからふと、聞いてきた。

「ちなみに【呼び出し手】さんは少し横にならなくて平気？　疲れていないかしら？」

「……ええと、確かに横になりたい気持ちはあるんだけどさ」

腕を組んで、気になっていたことを言ってみる。

「いくら一部屋でって言っても、ベッドが大きいの一つってどうなんだ……？」

……そう。

家族用なのか何なのかは知らないが、ここには大きなベッドが一つしかない。

一応四人でのびのびと横になれそうな大きさはあるものの、そのベッドの上は今、可愛い女の子三人が占領している。

要するに年頃の男としては、堂々と横になりにくい状況なのだが……。

マイラはくすりと微笑んだ。

「あら、いいじゃない。もう何度も皆で寝ているんだから。それとも……【呼び出し手】さんはわたしたちと寝るの、嫌かしら？」

余人が聞いたら誤解を生みそうな言い方だったが、マイラの言葉を聞いてかローアとフィアナが「えっ」とこちらに視線を向けてきた。

……何でか二人とも、裏切られて捨てられる寸前の子猫みたいな雰囲気だった。

妙な罪悪感を覚えて、慌てて両手を振った。

「い、いやいや。そんなことないぞ？　寧ろ皆と一緒だと安心できるというか、暖かくていいというか……」

ローアとフィアナはもっともだと言わんばかりに何度も頷いた。

また、マイラの方は何故だかくすくすと笑っていた。

――何か意味深げだな……って、それはさておき。

「でも三人とも、少し休むだけならまだしも本格的に寝るなら汗を流してからにしないか？　一日中歩いた後だから、ちょっと汗ばんでいるし」

この宿の人にさっき聞いたところ、近くに王都の住人がよく使う公衆浴場があるらしい。

それも結構広くて、この時間帯ならまだ開いているだろうという話だった。

それからは三人の了承を受け、すぐに公衆浴場に移動する運びとなった。

# 七章　宵闇に潜む第四の神獣

突然だが、基本的に男湯と女湯は別だ。

どの土地どの国でもこの原則は普遍的だろうし、寧ろ混浴の方が例外的だろう。

……だからこそ、無邪気なローアに「一緒に入ろうよ～！」と女湯に引っ張り込まれかけた時は本当に死ぬかと思った。

主に社会的な意味で。

しかし無事に男湯で汗を流せたので、ローアたちより一足先に宿へ戻ることにしていた。

その理由は、また単純なもので。

「皆、いつも家で温泉に浸かっている時は長いしな。今日も多分ゆっくりしているだろうし、先に行っていた方が……ん？」

王都であっても夜分で人気のないこの時間帯では、人の声も物音もよく通る。

そんなだからか、近くで足音が聞こえた気がした。

「気のせい、か？　いや……」

さっきから周囲を見ても、一切の人影はない。

なのに何故だか、不思議と何らかの気配を感じられた。

神獣の力を扱えるようになってから、不思議と野生の勘じみたものが強まっている感覚はあった。

その感覚が、近くに何かが潜んでいると、つけられていると強く告げていた。

一応と思い懐に忍ばせていた短剣に手を伸ばし、いつでも引き抜けるようにする。

……その時。

「ほうほう、勘は悪くないようだな。これは面白がって隠れない方がよかったか」

誰もいない筈の背後から聞こえた声に、短剣を引き抜いて即座に振り返った。

「誰だ……っ!?」

闇の中で目を凝らすと、少し先では闇が捻れて人型が現れていた。

瞳は赤い輝きを放っていて、一瞬魔物かと思った……が。

「そう警戒なさるな、取って食うつもりはない。驚かせたことは詫びよう」

凛々しい声の主は街灯の下までやってきて姿を見せた。

その姿は真紅の瞳にさらりとした銀髪の、妖艶な雰囲気の女の人だった。

けれど頭にはぴょこりとした獣似の耳が付いていて、腰にはふさふさと柔らかそうな尾が生えている。

そんな姿を見て、思わずこう口走ってしまった。

「……獣人さん？」

すると女の人はふしゃー！　と毛を逆立て、威嚇する小動物のように機嫌を損ねてしまった。

「これ、妾《わらわ》をあんな野生児どもと一緒にするでない！　……ちなみにそう言うお主はよく隠しているものの【呼び出し手】スキル保持者だろう？　何、妾の目は誤魔化せんよ。……お主もいい加減、ここまで聞けば察しはつかぬか？」

「まさか、あなたも神獣……？」

指輪を付けているのに【呼び出し手】だと看破されるとは思ってもみなかったが、逆に今の俺の正体を見抜けるのは神獣くらいではないかと思った次第だ。

それに姿を完全に闇に溶け込ませるスキルなど聞いたこともないが、神獣としての固有能力だと思えば不思議ではない。

獣耳の女の人はうむ、と満足げに頷いた。

「よいよい。妾が神獣だと察せるということは、これまでにも神獣と出会い生き抜いてきた強者であるということ。それでは満を持して、名乗らせてもらおう……！」

女の人は青い炎を纏い、その身を変化させた。

体躯は四足歩行型で、月光を受けて柔らかに輝く銀の毛並みと天に向かう長い耳からは、野に生きるただの獣にはない神々しさを感じられた。

だが、それ以上に目を引かれたのは尾の方だ。

尾の数は全部で九本あり、その特徴が目の前の神獣の種族名を雄弁に物語っていた。

「妾はクズノハ、悠久の時を駆ける九尾の妖狐なり。今宵はお主に話があり姿を見せた」

九尾の妖狐……古い伝承内にて語り継がれる、東洋の神獣。

その九尾の妖狐ことクズノハは、近くまで来てから軽く頭を垂れた。

「頼みがある、妾と共に来てはくれぬか？」

「……その理由を聞いても？」

九尾は数千年も生きるとされる存在であり、東洋では文字通り神として祀られることさえあると聞く。

そんな九尾のクズノハから共に来てくれと言われても、何やらとんでもないことに巻き込まれる気がしなくもない。

また一体どんな話をされるのだろうかと思って身構えていると、クズノハは大真面目な表情かつ凛々しい声音で告げた。

「茶飲み友達が欲しいのだ」

「……えっ？」

「茶飲み友達が欲しいのだ」

よほど大切だったのか、クズノハは間髪を入れずに同じことを二度言った。

……風呂上がりに夜道を歩いていたら、九尾に茶飲み友達が欲しいと言われた。

世の中何があるか分からないと言うが、これはその典型例ではなかろうか。

そんなことを思っていると、強張っていた体から力が抜けていった。

人間の姿に戻ったクズノハに連れられ、宿の近くにある住宅の並ぶ区域へと移動する。

そこは王都らしい整った石畳と立派な家が立ち並ぶ場所であり、その端でクズノハは足を止めた。

「上がるがいい、ここが妾の家だ」

「こりゃまた立派な……！」

クズノハの家は見たところ、我が家の数倍は大きかった。

白い汚れのない外壁に凝った窓、それに細かな模様の彫られたドアなど、王都らしい洒落た外観をしている。

それに小さな庭もあり、夜分ながら芝の手入れも行き届いているのが分かった。

「これって普通に王都に住んでいるってことですよね？」

「うむ、左様だ。人間の時で言うところの数十年前にこの地に来てな。便利なのでこの街に住んでおる。……それと敬語はよせ、あまり堅くても妾が困る」

肩をすくめたクズノハに、「了解だ」と返事をする。

それからクズノハは家に入ると、魔力を操って部屋の灯りをつけた。

「妾の故郷では菜種油を使って火を灯したものだが、この国ではランプに魔力を通すだけでよいときた。中々便利だとは思わぬか？」

「そうだな。辺境にある俺の故郷も魔力灯みたいな魔道具は珍しかったから、気持ちは分かる」

「うむうむ。そこに腰掛けてくれ、今茶を淹《い》れる」

クズノハは耳をぴょこぴょこと動かしながら、キッチンの方へ向かっていった。

言われた通りにふかふかのソファーに腰掛けながら、部屋の中を見回してみる。

「ぱっと見は普通の人間の家って感じだな」

変わったものはあまりなく、強いて言うなら不思議な文様の札が棚に置いてあるくらいだ。

クズノハはくすりと笑って言った。

「それはそうであろう。妾は今この国で、人間として生きておる。何、不死鳥ほどではないにせよ不死に近い身だ。たかが数十年から百年くらいは、休暇も兼ねてこうして過ごすのも悪くないと思っていての」

「なるほど……」

人間と長寿な神獣とでは、時間の感覚も違うのだろう。

それに神獣の力があれば、故郷と離れた異国でもあまり不自由することもないらしい……と、思っていたのだが。

クズノハは少し声音を強めて言った。

「しかし！　妾は失念していたのだ……そう、ここは人間の国にして人間の街。即ち……」

「即ち？」

「……腹を割って話せる友もほとんどできなかった」

「それは深刻かもなぁ」

何せクズノハはさっき、数十年間この王都に住んでいると言った。

いくら便利で休暇も兼ねているからと言っても、色々と話ができる友人がいないのも困りものだろう。

神獣と接点もない人間に「妾は東洋から来た九尾！」とは言えないだろうから。

「……って考えると、さっき九尾の姿になったのは正体がバレるって意味でも大分危なかったんじゃないのか？」

首を傾げていると、クズノハは首を横に振った。

「心配には及ばん。先ほどお主と会っていた時、妾の力で周囲を闇に閉ざしておいた。この国では神獣だの魔物だのと呼ばれておるが、東の方の妖怪どもは夜の闇に住まう者ゆえ、皆闇の扱いには精通しておるのだ。当然、妾とて例外ではない」

お茶を持ってきてくれたクズノハは、自身も向かい側のソファーに座った。

それから机に置かれたティーカップを覗くと、緑色のお茶が入っていた。

「確か東洋って、お茶が緑なんだったか」

「その通り。故郷の味は忘れがたいのでな、ちと高いが定期的に取り寄せている。できれば湯呑みで出したいところだったが、この国出身のお主はこちらの方が飲みやすくていいだろう。ほれ、冷めないうちに飲むがいい」

クズノハに勧められるまま、お茶を啜ってみる。

あまりお茶自体は飲んだことがなかったが、とてもほっとする味と香りだと感じた。

「美味い……落ち着くな、これ」

「そうであろうそうであろう。まあ、妾が手ずから淹れたのだから当然ではあるがな」

クズノハはお茶と一緒に持ってきていた菓子をぽりぽりと齧った。

見たところはクッキーに似ている菓子で、これも東洋のものだろうか。

つられて菓子を齧っていると、クズノハが「さて」と切り出した。

「妾は茶飲み友達が欲しいと言ったが、それは一方的に話を語り聞かせるものではない。もしよければ、お主の話も聞かせてはくれぬか?」

「構わないけど、あまり面白い話もないぞ?」

「よい、天に仕えし神狐クズノハの名において許す」

寛大げに胸を張ったクズノハの姿に苦笑しながら、これまであったことを話した。

授かったスキルがきっかけで故郷から追い出され、三人の神獣と出会ったこと。

それに紆余曲折を経て【七魔神】の一柱を倒したことも。

クズノハは何度か頷きながら、静かに話を聞いてくれた。

「……人の子よ、お主はまた随分と重たい運命を背負っていたものだな。妾の故郷にもそのような豪傑、伝説に語られる者くらいしかいなかったが」

「いや、俺はそんなタマじゃない。皆が力を貸してくれたから、今もこうして生きている。それだけの話さ」

……本当に、それだけの話。

まだ生きていたいという一心でこれまでやってきて、これからも皆と共に歩んでいきたい。

そんな思いを胸に、今も息をしている。

クズノハは微笑みながら、どこか納得したような様子で言った。

「剛毅な瞳をしていると思ったが、その中に情も映しておるか。これはまた、得難い奴と出会えたものだが……強いて言うなら」

クズノハは少しだけ俯きがちに目を閉じた。

……心なしか、冷や汗をかいているようにも見える。

「神獣を三人も侍らせているという話は、最初に聞きたかったの……」

「ん？」

どういうことだ？　とクズノハに聞こうとした数瞬手前。

慌ただしく近づいてくる足音がしたと思った刹那、クズノハ邸のドアが勢いよく開け放たれた。

それからドアを開いた張本人こと見慣れた少女が、勢いよく飛び込んできた。

「お兄ちゃん、迎えに来たよーっ！」

「ローア!?　それにフィアナとマイラも！」

クズノハ邸に乗り込んできたのは、誰あろうローアたちだった。

……これは確かに、ローアたちと王都に来た旨は前もって伝えておくべきだったかもしれない。

ローアの軽い体を抱きとめながら、そんなことを思うのだった。

飛びついてきたローアから話を聞くことしばらく、要点をまとめると。

「……つまり、ローアたちは俺がクズノハに攫われたと思っていたのか？　それで慌ててこの家に飛び込んできたと」

「そういうこと。宿に行ってもお兄ちゃんいないし、かといって指輪の効力でお兄ちゃんの声も上手く聞こえないし。頑張ってお兄ちゃんの匂いをたどってここに来るまで、本当に心配したんだからね！」

ローアは膝の上に乗りながら、頬を膨らませてむくれていた。

「それに狐さんって、人間を化かすことで有名なんだから。お兄ちゃんも知らない神獣について行ったらダメなんだよ？」

「正論すぎる……」

クズノハがあまりに真面目な顔で「茶飲み友達が欲しい」と言っていたので思わずホイホイ付いてきてしまった訳だが、ローアが心配するのももっともだ。

これはフィアナやマイラにも悪かったな……と猛省していると、クズノハが追加で淹れてくれたお茶を飲んでいたマイラがくすりと微笑んだ。

「ローア、もうそのあたりにしてあげたら？【呼び出し手】さんも無事だったのだし、こうして合流できたんだから」

「そうそう。クズノハも悪い神獣じゃなさそうだし、出してくれたお茶もお菓子も美味しいしね」

フィアナは皿に盛られた菓子を上機嫌にぽりぽりと齧り、頬を緩ませていた。

そんなフィアナたちの姿を見て、クズノハもホッとした様子だった。

クズノハはこちらをちらりと見てから、フィアナへ言い訳気味に言った。

「うむうむ。口に合ったようで、何より誤解も解けたようでよかった。……そやつが少々面白そうだったので、ついちょっかいを出してしまった訳だが」

「ま、あたしたちのご主人さまに惹かれる気持ちは分かるよ。現にあたしたちもご主人さまが気に入って居候になっている訳だし」

「居候、のう。まさか神獣を三人も侍らせ、あまつさえ共に暮らすような人間がこの時代にも現れようとは……。【魔神】を討伐したこともそうだが、まるで最初の【呼び出し手】の再来のようだ」

「ん、やっぱり最初の【呼び出し手】も神獣たちと一緒に暮らしていたのか？」

「故郷にいる妾の師匠からそう伝え聞いておる。実際、師匠も最初の【呼び出し手】と行動を共にしていたそうだが、普段から五、六体程度の神獣が付き従っていたそうだ。多い時には十体もいたようで」

「初代【呼び出し手】のところは結構な大所帯だったんだな……」

神獣が普段から五、六人、多い時には十人も。

……うちの神獣三人もよく食べる方だと思うが、初代【呼び出し手】も食事関連では苦労したのだろうとそれとなく察せた。

「……ん？　ちょっと待って。初代【呼び出し手】と一緒にいた東洋の神獣ってことは、お師匠さんはもしかして【天輪の銀龍】？」

首を傾げたローアに、クズノハはうむと頷いた。

何やら知らない呼び名が飛び出したが、神獣の間では有名なのだろうか。

「如何にも。我が師匠は【天輪の銀龍】と呼ばれし者で相違ない」

「へぇー、確か今も東洋の神獣の元締めをしているっていうあの。また随分と有名な名前が出てきたけど……逆に弟子のあんたはこんな異郷でお茶なんか飲んでいていいの？」

訝しげに聞いたフィアナに、クズノハは目を逸らした。

「ま、まあ少しばかり長い休暇ということでな。……師匠が厳しいので所用ついでに逃げ出してきたということはないぞ？　決してな」

若干早口気味になったクズノハに、皆揃って思っただろう。

――わざわざ東洋から逃げてきたのか……と。

「……何だ、揃いも揃ってその微妙そうな顔は」

「いや、九尾にも怖いものがあるんだなって」

そう言うと、クズノハは声を大にした。

「あるに決まっておろう！　特に師匠は最初の【呼び出し手】と共に【七魔神】を数体倒して残りも地下へ追いやった実力派だぞ!?　九尾の妖狐たる妾ですら逆らいたくないと感じる相手、その筆頭だとも……！　……ううっ、思い出しただけで少し悪寒が……」

よほど嫌な思い出だったのか、クズノハは小刻みに震えていた。

そんなクズノハの様子を見て、ローアたちは小さく吹き出した
こんな具合にクズノハとは打ち解けていき、気がつけば朝方まで話し込んでいたのだった。


クズノハ邸でお茶会をした翌日。

朝方に宿に戻って昼過ぎまで熟睡してから、もう一度皆でクズノハ邸を訪れていた。

というのも、昨日の別れ際にクズノハから「お主を連れて行きたいところがある。また明日来るがよい」と言われたからだ。

改めて身支度を整えてきたこちらを見て、クズノハはうむと頷いた。

「昨日お主の話を聞いていて、少々持たせておいた方がよいかと思う品があってな。今日はそれを手に入れに行きたく思う」

「品……？」

その品とは何かと、クズノハに聞こうとしたところ。

クズノハは「おっと、聞くでないぞ？　現地に行ってからのお楽しみだ」と耳をぴょこぴょこ動かした。

「そう小難しい顔をするでない。何、お主らは散歩にでも行くつもりで妾についてくるといい」

クズノハはどこか上機嫌気味に言い、先導して行った。

……よく考えたら王都にほとんど友人がいないというクズノハは、こうして誰かと買い物に行く機会もこれまでは少なかったのかもしれない。

そう思えば、クズノハの様子も納得だった。

クズノハは移動しながら「あの店の料理は塩気がほどよくて美味い」とか「この店は悪くない家具を扱っておるぞ、ちと高いがな」などなど、王都の各所を案内してくれた。

「王都は広くて物も多いが、その分粗悪な物を扱っておる店もそこそこある。あまりに安すぎるものとあまりに高すぎるもの、その双方には用心するのだぞ？」

「それって、本とかも？」

首を傾げたローアに、クズノハは何故か引きつったように笑った。

「ま、まあ、そうだの。普通の本ならあまりに粗悪なものを掴まされることもなかろうが、少し風変わりなものだと時たま、な。……ほれ、見えてきたぞ。あれが目的の店だ」

クズノハは大通りから路地に入って、その一角にある小さな魔道具店を指差した。

看板も小さく、普通に歩いていれば見過ごしてしまいそうだった。

中に人が誰も入っていなさそうなのは、店の立地的な問題か。

……そう考えていたものの、店の中に人がいない理由は別にあるらしいとすぐに分かった。

「ちょっ……うわぁ、これ本物じゃん!?」

「……そのようね」

店に近寄ったフィアナとマイラが引きつった表情で後ずさりしているが、それも仕方ない。

何せその魔道具店の窓際には、骨やら魔物の剥製やらがずらりと並べられていたのだ。

——これは誰も寄り付きたがらないだろうな……というよりも。

「ここ、黒魔術みたいなのを扱っている店じゃないだろうな？」

「おお、察しがよいな。その通りだとも」

感心したような声音のクズノハは「ちなみに東洋では呪術とも言う」と付け加えた。

どちらにせよ「穏やかじゃなさそうだな……」というのが正直な感想だ。

「ほれ、突っ立っていないで早く入るぞ。おい引きこもり店主よ、今日も健在か？」

クズノハはよくこの店に出入りしているのか、常連のような雰囲気だった。

そしてクズノハに続いて店に入ると、不思議な香《こう》のような匂いが鼻を突いた。

「ううっ、変な匂いがする……」

鼻がいいローアにはきつかったのか、手で鼻を覆ってしまった。

……若干涙目なのが少し可哀想だった。

「クズノハ、ローアもこの様子だしあまり長居はしたくないんだけど……」

「大丈夫だ、妾とて同じ気持ちだ。こんな辛気臭い店には正直長居したくない。しかし引きこもり店主が見当たらんな。まさか勤勉に仕入れへ出たということもあるまい……となればあっちにいるのか？」

クズノハがフィアナの方を向き、フィアナが「どしたの？」と言ったその時。

フィアナの真後ろに立っていた柱時計が、鈍い音を轟かせて真横にスライドした。

「うきゃっ⁉」

自身の背後が突然動き出したフィアナは、変な声を上げて俺の背中に隠れた。

そして柱時計がスライドした箇所を見ると、地下への隠し階段が見えていて、誰かが登ってきていた。

「クズノハ、毎度のことながら暇だからって冷やかしにくるのはやめておくれよ。わたしの方は暇でもないんだから……ん？」

ランタンを持って薄暗い地下から気怠げに出てきたのは、黒いローブを纏った如何にも黒魔術師といった様子の人物だった。

フードに顔の大部分が隠れているので顔立ちは分からないものの、声から女性だと察しがついた。様子からして、どうやらこの人が店主らしい。

「……どちらさま？」

なお、店にいるクズノハ以外の面子を見てそう言った店主に対し、クズノハは鼻を鳴らした。

「ふん。どちらさま？　ではなく客だっ！　今日妾たちは、買い物をしにここへ来たのだ」

「へえ、ようやく硬い財布の口を開く気になったのかい。それで一体、何をご所望かな？」

クズノハは何故か胸を張り、肩をぽんぽんと叩いてきた。

「こやつに魔道書を持たせたい。よいものを見繕ってくれ！」

「……ん、魔道書？」

クズノハが言っていた持たせたいものって、魔道書だったのか。

でもどうして、と聞くその前に。

店主と思しき女性が「くくっ」と声を出した。

一瞬苦しんでいるのかと思ったが、どうやら今のは笑い声のようだった。

「なるほどなるほど、そういうことならわたしの元へ来たのは賢明な判断だ。前に大枚をはたいて魔道書のガセを掴まされた件、流石の君も大分堪えたと見える」

「やかましいわっ」

クズノハはふしゃー！　と唸った。

そこでようやく、先ほどクズノハが引きつった笑みを浮かべていた訳を悟った。

「ちなみにガセを掴まされたって、なんで神獣のクズノハが魔道書を？」

神獣の力があれば、わざわざ魔道書なんて買わなくても魔術以上の力を発揮できる筈だ。

そう思いながら、クズノハに耳打ちしたところ。

「……興味本位の衝動買いというやつだな」

理由としては一番ダメなやつだった。

それからクズノハに魔道書を持ってくるよう言われた店主がまた地下に降りている間、ふと気になったことをクズノハに尋ねてみる。

「それで、どうして俺に魔道書が必要だって思ったんだ？」

クズノハは腰に下げてある長剣を指差してきた。

「お主は神獣の力を扱えるようだが、魔術の方はからきしと昨晩言っていたな」

【魔術師】系スキルは持ってないからな」

そもそも魔道書自体、【魔術師】系スキル持ちの人が能力を高めるために読むものだったと記憶している。

……非【魔術師】である自分が持っていてもあまり意味もない気がするのだが。

「しかし膨大な魔力の塊である神獣の権能を武器から引き出して使用できるということは、お主も魔術を扱うセンスを持ち合わせてはいるということ。話は逸れるが大体、お主が周囲の神獣や魔物に発している『心の声』とでも形容できるもの自体、微弱ながら大気中の魔力を消費して発しているようなものだ。そこからも一応、【呼び出し手】スキルは魔力を扱うスキルとも言えよう」

「そういう仕組みだったのか……」

自分の声が周囲の神獣や魔物に筒抜けになっている原理については考えたことがあったものの、まさか魔力を使用していたとは。

神獣たちの力が篭った武器はともかくとしても、自分自身にはあまり魔力が宿っているとは思えなかったので、大気中のものを消費していると言われれば案外納得できそうな話ではあった。

「ちなみにこれは、実際に最初の【呼び出し手】と行動を共にしていた師匠から聞いた話でな。実はお主らも知らなかったのではないか？」

「そうね。近年【呼び出し手】スキルを持つ人間と接する神獣も少なくなっているし、神獣の中でもその手の話を知っている者は少ないんじゃないかしら」

マイラの言うように、ローアもフィアナも初めて知ったという様子だった。

「で、話を戻すがの。要するに魔術を扱う素質があるお主は、恐らく本物の魔道書の補助があればすぐにでも魔術を使えるようになる。」

「魔道書の補助？　魔道書って単なる本じゃないのか？」

「うーむ、何というかこれは人の世の時代によって物事の定義や呼び方が移り変わるような話なのだが……」

クズノハは腕を組んで、難しい顔をしながら話を続けた。

「妾の言う魔道書とは、数百年前に作られたような『本物』のことだ。それらはただの書物ではなく、持ち主を自動的に補助する魔道具として成り立っているものたちだな」

「逆に言えば、偽物は単なる本だと？」

「然り。偽物の方は、ただ単に魔術の使用方法が書かれた書物に他ならない。しかし時が移ろい書物が増えるにつれ、いつの間にか人の世で言う魔道書とは『一つの魔道具として成立している本』から『単に魔術について書かれた本』を表す言葉になってしまったのだ。……妾がガセを掴まされたというのもそういうことでな。『本物の魔道書を』と某店の店員に言ったのに、買い求めて持ち帰ってみれば何の面白みもない魔術の指南書であったわ」

「聞くだけでも苦い経験だなそれ……」

当時の店員からしてみれば「この本は本物の魔道書です」ってことであっても、クズノハからしてみればそうでもなかったと。

永く生きる神獣と人間との間には、どうも文化や言葉の変遷って壁もあるようだった。

「という訳でこんな店に来た理由だが、ここは品揃えだけは間違いない。せっかく本物の魔道書さえあれば魔術を扱えるだろうという見込みがあるのに、下手な店で偽物を掴まされては何にもならんからな」

「それは確かに」

「……悪いね、少し待たせた」

丁度話の区切りがいいところで、地下から店主が現れた。

「遅いぞ、引きこもり店主」

「高値の魔道書は奥にしまってあるから、取り出すのも一苦労でね」

店主は抱えていた魔道書をカウンターに置き、手で軽く埃を払った。

「この店にあるものだと、多分この辺のものがいいと思う。確認してもらってもいいかい？」

「当然。せっかくの茶飲み友達に下手なものを与える訳にもいかんからの」

「……茶飲み友達？　君みたいな気難しい奴にかい？」

「やかましいわい！」

クズノハは魔道書のページをめくる手を止め、店主を半眼で睨んだ。

店主が両手を上げて降参の意を示すと、クズノハは再び魔道書をめくる作業に戻った。

「そう言えば君、あのクズノハとどこで知り合って友達に？　一周回って気になるんだけども」

「まあ、色々とありまして……」

闇の中から現れました、とは流石に言えなかった。

「……うむうむ、恐らくはこれが無難そうだな」

満足げなクズノハが差し出してきたのは、小さな魔道書だった。

それも無理なく懐に入りそうな手帳サイズのもの。

「魔道書ってもっと分厚いのかと思っていたけど、こんな小さいのもあるんだな」

「寧ろ魔術に精通していないお主が使うならこれが一番よいだろうよ。余計な機能を省き、本当に必要なもののみが組み込まれておった。この妾が言うのだから間違いない……ほれ、少し触れてみよ」

クズノハに勧められるまま、魔道書を手に取ってみる。

……すると。

「青く光っている……？」

魔道書から淡い燐光が放たれ、その光が体を包んでいく。

雰囲気からして、どうも燐光は薄い魔力のようだった。

――つまるところ、これが魔道書による補助ってやつなのか。

早くも効力を発揮しつつある魔道書に関心していたものの、何故かクズノハは納得がいかなさそうに首を傾げていた。

「うーむ……こんなものではないと思うのだが。長い間使われていなかったようだし機能が眠っているようだの、少々調整してみるとするか」

クズノハは神獣の力を解放し、魔道書へと流し込んでいく。

「うむうむ……くっ、こやつめ強情な。ええい、早く目覚めんかい！」

何やら悪戦苦闘気味のクズノハは、眉間にしわを寄せていた。

「あ、難しそうならわたしたちも手伝うよ～」

ローアたちはクズノハを手伝うべく、各々魔道書に触れて神獣の力を行使した。

その間、人間二人は神獣四人の奮闘を遠巻きに見守っていた。

「彼女らは一体、うちの売り物に何をしているんだい？」

「さ、さあ……」

そう尋ねられても、一般人の店主に「神獣の力で魔道書を調整しているのでは」なんて返事はできないので曖昧に答える他ない。

それから神獣四人がかりで魔道書を囲むことしばらく。

「ちょっ、クズノハ!? あんただけ力流し込みすぎじゃない!?」

「何を言うか、これくらい力まねば話にならんぞ」

「でもわたし、ちょっと心配になってきたよー……」

「このあたりで様子見も兼ねて、一旦手を止めない？」

何やら四人は不穏なことを話していた。

不具合でも起きつつあるのだろうか。

「いや、ここは強引にでも突破する一択であろう。この寝坊助《ねぼすけ》魔道書を目覚めさせるには、荒療治も致し方ないとは思わんか？」

「思うけど、限度があるとも思うよ？」

ローアがジト目になっているが、クズノハは無視して手のひらから発する光をなお強めていった。

「ふっふっふ……この妾の力をもってすれば、魔道書の調整ごときノンストップで……およっ？」

「あっ、これは……」

マイラが何かを察したように呟いた途端、魔道書が突如として大発光し始めた。

目をまともに開けていられないほどの光量に、クズノハは「うにゃっ!?」っと声を裏返して咄嗟に魔道書を窓から店外へと投げ捨てた。

次の瞬間、放り出された魔道書は宙に浮いて一層強く光を放ち、天高くに光の柱を伸ばし……その後は何事もなかったかのようにぼとりと地面に落ちた。

「……」

あまりに唐突な一連の流れに、その場にいた全員が黙り込む。

一人外に向かって魔道書を拾い上げるクズノハの姿は、なんともシュールだった。

「クズノハ、今のは一体？」

戻ってきたクズノハにそう聞くと、クズノハは目を逸らして言った。

「……少々力みすぎてしまったようでな。あのままだと店が吹っ飛びかねなかったので、一旦外に放り投げたのだ」

「店が吹っ飛ぶ⁉」

手帳サイズの魔道書一冊で店が吹っ飛ぶとはどういう仕組みなのかと戦慄していたら、クズノハが改めて魔道書を差し出してきた。

「そう恐々とするでない。今は入れすぎた魔力を吐き出し、機能も目覚めて安定しておる。これでこの寝坊助魔道書も本来の力を発揮できるであろうよ」

さっき暴発しかけたけど大丈夫かと手を出すに出せない状態だったが、ローアが「今は大丈夫みたい、これは本当」と言ってくれたおかげで、踏ん切りがついて魔道書を手に取ってみる。

……それと同時、頭の中に魔術に関する知識が次々に流れ込んできた。

魔力の制御方法に、魔法陣の展開の仕方などなど。

少し経てば神獣の力を扱えた時のように、自然に魔術の扱い方が分かるようになってきた。

「そっか、これが本来の魔道書の力……」

流れ込んできた知識によると、どうやら自分は【魔術師】スキルを持たないことからそこまで強力な魔術は扱えないらしいが、それは神獣の力で補えばいいだけの話。

肝心なのは恐らく、そこではなく。

「山奥で暮らしているなら使える手は増やしておいた方がいい、そういうことか？」

聞くとクズノハは「そうとも」と返事をしてくれた。

それから店主が近くにいる手前、クズノハは耳打ちしてきた。

「【魔神】を倒したお主の戦闘能力は折り紙つきかもしれんが、それでも簡易的な魔術でも使用できれば生活に必要な火や水などの扱いも楽になろう。何より神獣の力は人の身には負担が大きすぎるからの。現に【魔神】を倒した後も、倒れてしまったと言っていただろう」

「ああ、それはあるな……」

クズノハの言う通りで、神獣の力は体に大きな負担を強いる。

加えて精密なコントロールも難しく、火を起こすために家の中でフィアナの力が宿った長剣を抜いて……というのも中々難しいものがあった。

それでも今は、その手の家庭内作業は魔術に頼ることができると。

「ありがとうな、クズノハ。おかげで生活がまた楽になる」

「礼には及ばんよ。妾の方こそ、久方ぶりに夜通し話ができて楽しかったからの」

……と、いい雰囲気になっていたところ、少し離れたところで静かにしていた店主から一言。

「あー、持っていくのはいいけど、もちろんお代は払ってね？」

「ここは当然、失敗しかけた妾が……」

「いやいや、俺が払う、俺が払うから！」

財布を取り出したクズノハを、即座に止めにかかる。

……払ってもらうまでいくと、流石に申し訳なくなってしまう。

「し、しかし魔道書があった方がよいと言い出したのは妾で……」

「それでも使うのは俺だからさ、気持ちだけでも十分だよ」

こんな調子で、頑ななクズノハをどうにか押し止めた後。

財宝を換金して有り余っていた金貨を使い、無事に魔道書を購入したのだった。


「時にお主ら。遠方から王都まで来たようだが、こちらの名所などはもう見て回ったのか？」

魔道具店を出て、適当な店で昼食をいただいた後。

出された紅茶を啜りながら、クズノハがそんなことを聞いてきた。

「名所って言われてもな。俺たちからすれば、どこもかしこも見所だらけって感じなんだが」

「そうそう、街並みも綺麗だしね。山奥とは違うからどこ見ても新鮮なのはあるかも」

フィアナが言うと、ローアやマイラも頷いた。

「となると、お主らは王都中央の方には行っていないのか？　あちらはこの区画とは比べものにならないほど巨大な建造物などが立ち並んでおるが」

「中央の方には……多分な」

王都を歩いてみて思ったのは、やはり無茶苦茶に広いということだ。

辺境出身の自分から見れば際限がないと思えるほどに。

恐らくは、ローアたちと歩いていたのは王都のほんの一部にすぎないだろう。

「ほう、ならば妾が案内してしんぜよう。まだ日も高い、宿に戻るには早いだろうからな」

「それはいいかもしれないわね。わたしも見識を広めるって意味で、まだまだ見ていきたいと思っていたから」

「わたしもまた本屋さんが見つかるといいかなーって思うし。さんせ～！」

マイラとローアも乗り気な様子だったので、会計を済ませてすぐに店を出る。

それからクズノハに連れられ、王都の中央へ。

進むに従い、建物はより高く、多くの装飾が施されたものまで現れた。

「ああいうのって、どんな人が住んでいる建物なんだ？」

「このあたりなら、おおよそは大商人の邸宅だな。やはり稼ぎがいいと、特段大きな家に住みたがるのが人間の傾向らしく」

「ふーん、お掃除とか大変そうだね？」

ぽつりと呟いたローアに、クズノハは「その通りなのだがな」と返した。

「そういう場合は使用人を雇い、そやつらに掃除を任せるそうな。それでまた金がかかる訳だが、金持ちが金を吐き出さんことには人の世も回らん。この点は妾の故郷とも似通っておるな」

「人間の世の中って、やっぱりお金が大事なんだね。……大きな額になると勘定も難しそうだし、あたしはあまり考えたくもないけどさ」

「でも今度王都に買い物に来てもらう時は、フィアナに任せるかもしれないんだし。そこはある程度分かっておいてくれよ？」

「……善処してみまーす……」

フィアナは苦そうな表情だが、こう見えて頭の回りはいい。

だから金の計算もあらかた分かっているだろうが、単に面倒臭がっているらしかった。

「大丈夫だよ、お兄ちゃん。この調子だとフィアナにやらせていたら変なところで数え間違えそうだし。代わりにわたしがお買い物に行ってあげるから」

「ちんちくりんのちびドラだとスリにあいかねないし、あたしはそっちの方が心配だけどね」

「……」

「……」

「「……む～！」」

見えない火花を散らして視線をぶつけ合うローアとフィアナに、マイラは「また始まったわね」と苦笑していた。

しかしそこで慌て出したのは、クズノハだった。

クズノハは焦り気味に耳打ちしてきた。

「お、お主。止めなくてよいのか？　ドラゴンと不死鳥の喧嘩となれば王都が焦土と化すぞ……！」

「いや大丈夫、日常風景だから」

「日常風景⁉　ドラゴンと不死鳥の争いが日常とは、お主のいた辺境は魔境か地獄か⁉　空は燃え地は砕かれ水辺は干からびてはおらぬだろうな⁉」

何を過大に捉えているのか、クズノハは戦慄《わなな》いている。

そんな姿に、こらえきれずに吹き出してしまった。

「ないない、そんなことは一切ない。適当にじゃれて終わるだけだし、二人もその辺の加減は分かっているから。時たま起こる話だから、放っておいても大丈夫だ」

「ほ、本当か……⁉　ただでさえ仲が悪いとされる、ドラゴンと不死鳥の諍《いさか》いぞ……⁉」

クズノハは未だに半信半疑といった様子だったので、ローアとフィアナに「それくらいにしてくれよ？　他の人が見ているんだから」と注意して、二人を静かにさせる。

するとクズノハは黙り込んで、まじまじとこちらを見てきた。

「えーと……どうかしたのか？」

「存外最も恐ろしいのは、お主かもしれぬと思ってな」

「そんなまさか。あの二人も、本気で喧嘩するつもりがなかっただけだよ」

「……ドラゴンと不死鳥を一言二言で黙らせた人間なぞ、歴史上に存在したかも分からぬのに」

何故か呆れ顔のクズノハは小さく呟いていたが、街の雑踏にかき消されてよく聞こえなかった。

「それでクズノハ、肝心の名所っていうのはそろそろなのか？」

「ああ、それが目的であったな。……と言っても」

クズノハは目の前の建造物を指した。

「一つ目はもう目と鼻の先だ」

「これか。ちなみにこれ、塔だよな？」

クズノハが指し示しているのは、天高くまで届きそうなほどの古びた塔だった。

その周囲は広場のようになっていて、一種の公園にも見える。

塔を囲むように人だかりができているので、確かにここは王都の観光名所なのだろう。

「左様、この塔は神獣の御柱《みはしら》と言ってな。内部にある螺旋階段を使って塔を登るにつれ、壁に描かれている神獣にまつわるおとぎ話を見ることができる。言うなれば、この国に伝わる神獣系の伝承の原典が彫られた塔だな」

「塔が一つの物語になっているのか、また不思議な作りだな……」

一体大昔の人は、何を思ってこの塔を建てたのだろうか。

未来の人たちに、自分たちに何を伝えたくて、どんなメッセージを残したつもりだったのか。

……そんなふうに、遠い過去に想いを馳せていたところ。

「まあ、表向きは作り主不明とされておるが。実際は初代【呼び出し手】と神獣たちが暇を持て余した末に作り上げた、一種の暇潰しによるものだったそうだがな」

クズノハによって語られた衝撃の事実に、ずっこけそうになった。

「しかもこれを作ろうと言い出したのは妾の師匠だったそうでな。初代の功績を後世に残そうと思い至った次第らしいが……ひとたび作り出した以上は止めるに止められず、当時の神獣たちも暇潰しのつもりが完成まではそこそこ苦労したと聞いておる」

「へ、へぇ……」

クズノハの師匠である【天輪の銀龍】さんは一体どんな人柄ならぬ龍柄なのか、と思ったが。

それよりも、とクズノハに尋ねてみたくなったことが一点。

「ちなみに初代の功績を後世にって、この国に伝わるおとぎ話や昔話、それに伝承……大体実話だったりするのか？」

「うむ。師匠の話を聞き、知り合いの事情を知る妾からしても、相違ないものであるかと。それにこの国に神獣の伝承が多いのも、初代【呼び出し手】が実はこの国の初代王であり、世界中の神獣と触れ合った経験があるからとも聞いておる」

「……」

さらりと歴史の真実を知ってしまい、何とも言えない気分になった。

今の話、聞きたがる学者さんやお偉いさん方はごまんといるだろう。

「ともかくまあ、そんな訳なのでこの塔はお主にも関わりが深い場所となっている。ともかく一度、入ってみるのが吉であろう」

クズノハに先導され、そのまま塔へと入っていく。

それからドラゴン、不死鳥、ケルピー、九尾の現れる壁画を見るたび、四人とも異口同音に「大体合っている」と教えてくれた。

「……昔から伝わっている話って、案外馬鹿にできないんだな……」

先人の知恵とは違うかもしれないが、似たようなものを感じられる。

それから遂にたどり着いた塔頂上、その中央部に巨大な水晶が飾られていた。

「クズノハ、あれって？」

「ああ、あれか」

クズノハはまたさらりと、こともなげに言った。

「とある【魔神】の目、即ち邪眼だな」

「……は、はぁ!? 【魔神】の目!?」

つい大声を出してしまったが、周囲に人がいないのが幸いだった。

あたりを見回して、少しだけほっとする。

……とは言え後から聞けば、気兼ねなく話ができるようクズノハがこの時既に、塔内部に人払いの術を使っていたらしいのだが。

「大丈夫よ。この目からはもう嫌な気配はしないわ」

「そうだね、マイラの言う通り。あたしも邪な感じはしないよ」

マイラとフィアナに言われて、ようやく警戒を解く。

クズノハは邪眼を見て「うむ」と頷いた。

「この邪眼は初代【呼び出し手】が最後に打ち取った【魔神】の目を浄化したもののようでな。実は神獣の力のような強い魔力を加えると、ある程度未来を見通せる」

「まさかとは思うけど、俗に言う水晶玉を使って未来を見たり占ったりっていうのは……？」

「大本はこれを使った未来予知であろうな。しかし邪眼であってもそう正確に見通せはせず、吉凶が分かる程度だが……」

クズノハは邪眼に神獣の力を流し込み、軽く輝かせた。

淡い光を放つ邪眼を見て、クズノハは言った。

「うむ、この反応ということはしばらく凶事なしと。そういうことかの」

「こんなので本当に未来が見通せるのかなぁ……？」

訝しげに言ったフィアナに、クズノハは笑って答えた。

「正直に言えば、当たったり当たらなかったりだな。この邪眼もここに置かれて大分時が経つ。精度も落ちるというものよ」

「うんうん。やっぱり未来は、そう簡単には分からないもんねー」

腕を組んでそれらしいことを言った雰囲気のローアに、その場にいた全員が和んだ。

「ではこの塔に関してはこのあたりでよいかの。他にも案内したい場所がある、そろそろ降りぬか」

「ああ、大体中も見終えたしな。俺も満足だ」

それからクズノハに言われたように、皆で塔の頂上から降りようとするが……。

「……ん？」

ちらりと振り向いたローアは、邪眼へと視線を向けていた。

「まだ気になるのか？」

「今、少しだけ……邪眼に靄《もや》がかかった気がしたの」

「靄？」

邪眼を見つめるが、特に変わった様子もない。

ローアも少しの間、邪眼を見つめる。

けれどやはり邪眼は透き通ったままであり、変哲もない。

「……気のせい、だったのかな？」

小首を傾げたローアはとてて、と先に降りていったクズノハたちを追って行く。

それに従い、残された自分も階段を降りようとする。

……けれど、一度【魔神】と相対したからか、それとも最近勘が鋭くなりつつあるためか。

ローアの残した言葉が、やけに耳に残っていた。

——邪眼に靄……？

考えに耽りかけたものの、下からクズノハに「まだ頂上におるのか？」と呼ばれ、わだかまった思考は霧散していく。

「最近色々あったし、少し神経質になっているのかもしれないな」

最後にそう独りごちて、塔の頂上部を後にした。

＊＊＊

……塔の頂上から人影が消えた、その直後。

邪眼はマグたちに変化を悟られまいと我慢していたかのように、一瞬で墨色に濁り……数秒後には色を失い、元の水晶玉似の状態へと戻ってしまっていた。

# 八章　王都に迫る嚇々の巨影

魔道書を購入した後の日々は、あっという間に過ぎていった。

クズノハと共に、塔以外にも旧王宮跡のような王都の名所を見て回ったり、美味しいものを食べ歩いたり。

そうやって過ごしているうちに、遂に指輪の効力が切れる直前の四日目の夜に差し掛かっていた。

「指輪の文字が……？」

怪しげな点滅を繰り返す文字を見て声を出したところ、ローアが寄ってきて手をぎゅっと包み込み、指輪を見つめた。

「この感じ……間違いないよ、やっぱりもうちょっとで指輪の効力が切れちゃうみたい」

「そっか、そうだよなぁ」

正直に白状すれば、少し残念な気持ちだ。

指輪をはめた時に皆が言っていたように、指輪の効力は保って五日。

四日目の夜にもなれば、もう限界が近いのは当たり前ではあるが。

「でも逆に【呼び出し手】の俺が数日も山奥から出られただけマシなんだろうな」

魔物を呼び出してしまうデメリットを帳消しにできたおかげで、楽しい思い出もたくさんできた。

なんだかんだで、悪くない旅行だったと思う。

……そんなふうに、感傷に浸っていたところ。

何故かクズノハが声を押し殺してにやにやと笑っていた。

「俗世と今生の別れ、みたいな顔をしておるがの。お主何か忘れてはいないか？」

「忘れてないかって……」

クズノハが何を言いたいのか分からなくて、少し考え込む。

すると代わりに、マイラが答えてくれた。

「魔術で魔道具を直せるとか、そういうことかしら？」

「ほほう、正解だ。水棲馬の娘よ、お主中々聡《さと》いな」

「お世辞はいいけれど、でも魔道具の修理って結構難しいのよね？　それも効力が切れた後の魔道具を元に戻すなんて……」

「うむ、確かに容易いことではない。……だがな」

クズノハは指輪に触れて、神獣の力を行使した。

細く柔らかな手から光が漏れ、指輪に吸収されていく。

……すると文字の点滅が収まり、指輪は元の状態に戻った。

「嘘、元に戻ったの……？」

驚いた様子のマイラに、クズノハは言った。

「否、完全ではない。後三日保たせる程度に回復させたと言った方が正しいな。だが、妾一人でこれだけできるのだ。神獣三人と魔術を扱える【呼び出し手】が束で掛かれば、魔道具一つの修繕や再利用くらい、不可能ということもなかろう」

「なあ、もしかしてクズノハが魔道書を選んでくれた本当の理由って……」

「皆まで言うな。妾はただ、せっかくできた茶飲み友達にまた会いたいと思った、ただそれだけだ。それで指輪の効力は後三日ほど延長された訳だが……どうだ？　まだ少し王都で遊んでいくか？」

クズノハの提案は嬉しかったが、静かに首を横に振る。

「いや。そうしたいのは山々だけど、残った三日はまた別の機会に使おうと思う。魔術で困ったら、またクズノハのところに来ることもできるし」

クズノハは返事なら分かっていたといった様子で、嫌な顔一つしなかった。

「うむうむ、堅実でよろしい。それでこそ神獣を三体従える者よな」

それからは王都の景色を目に焼き付けながら、王都に入る時に潜った門まで移動して行った。

これでまた王都から出て、山奥の家に戻る。

クズノハとも外界ともしばしの別れだ……と、そうなりかけた時。

「……何、この鐘の音？」

フィアナの言うように、甲高い鐘の音が周囲に響き渡り、何かが起こっていることを知らせていた。

そして門の方を見れば、衛兵が大急ぎで集結している。

「すみません、一体何が？」

駆け寄って聞くと、衛兵の一人はまくし立てるように答えた。

「魔物だ、王都に超大型の魔物が……大陸獣ベヒモスが接近している！」

「なっ、それって【四大皇獣】の……!?」

「そうだ。君も早く城壁から離れて、街の中央に避難するんだ！」

話し終えるや否や、衛兵は忙しそうに仲間と共に駆けて行った。

【四大皇獣】とは、人の世に仇なすとされている四種の強力な魔物の総称だ。

大都市を滅ぼした、縄張り争いで山を更地にして周囲の村も埋めてしまったなど、その危険度を示すいくつもの逸話は辺境にもよく伝わっていた。

それに一説によれば、その力は神獣にさえ匹敵するとも言われている。

意思を持った天災、それが【四大皇獣】なのだ。

「……って待てよ、【四大皇獣】？」

王都に着く少し前、ローアの背から荒らされた土地を眺めていたのを思い出す。

その惨状を作り上げた本人については、残されていた巨大な足跡から【四大皇獣】ではないかという話だったが。

「まさかあの足跡の主がベヒモスで、そいつが引き返してきたってことじゃないだろうな!?」

「おお、その線あり得るかも……でしょ、クズノハ？」

フィアナは何故か、クズノハにそう聞いていた。

なお、当のクズノハは……。

「……う、うむ。先日ベヒモスが王都付近を通過したのは妾も感じておったし、あり得る話だ」

滝汗状態だった。

「どうしたんだ、何か思い当たる節でもあるのか？」

「その、先日の魔道書の一件。妾の調整ミスが原因で魔道書が暴発しかけ、神獣の力が天高く上がったことがあっただろう？」

「天高くって……あの光の柱か」

「あの光は曲がりなりにも、神獣四体分の超高密度魔力。そしてベヒモスのような強大な魔物は、自己の力を高めるために強い魔力の篭ったものを食らう傾向にある。要するに……」

ここまで説明されれば、クズノハの言いたいことはおおよそ掴めた。

「先日の魔道書から上がった光、ベヒモスはあれを餌と勘違いして王都に向かっていると」

「うぅっ、恐らくはな……」

クズノハは何ともばつが悪そうにしていた。

自分の行動が原因で王都が危機に晒されているのだから、仕方がないと言えば仕方がない。

「……でも、クズノハのミスが原因だとしても、俺の魔道書のために起こった事態だし放ってもおけない。クズノハ、ベヒモスをどうにかするのに協力してくれないか？」

地表をあんなに荒らすベヒモスが王都にたどり着いたら、最悪城壁だって崩されるかもしれない。

そうなればどれだけの被害が出るか見当もつかない。

目と狐耳を伏せながら、クズノハは言った。

「ベヒモスはもちろん、妾がどうにかするつもりだったが……本当によいのか？　元はと言えば妾のせいなのに……」

「構わない、だってクズノハも言っていただろ？　俺とは茶飲み友達だって。だったら友達同士、お互い持ちつ持たれつでいいじゃないか」

クズノハは瞳を輝かせた。

「お、お主……！　やはり【魔神】を倒した【呼び出し手】ともなれば言うことが快いな！　ならば今すぐにでも……」

「おっと、あたしたちも忘れてもらっちゃ困るよ？」

クズノハが飛び出そうとすると、フィアナがその肩を軽く叩いた。

「まあ、わたしたちも魔道書の調整には加わっていたもんね～」

「それに【呼び出し手】さんも行くのだし、わたしたちだって当然力を貸すわ」

我が家の神獣三人も、応戦する気満々だった。

「お主らまで……！　すまん、恩に着る！」

クズノハはベヒモスのいるだろう城壁方向へ向かい、拳を握った。

「いける、いけるぞ。この面子ならば防衛どころかベヒモス撃破も容易に狙うことができる。ベヒモスよ、妾と妾の茶飲み友達のいる王都に仕掛けてきたこと、たっぷりと後悔させてくれよう……！」

拳を高く上げたクズノハと、それにならって「おー！」と拳を上げた我が家の神獣三人。

友達の窮地ならばと、自分もまた皆と共に拳を空へと突き上げるのだった。


件のベヒモスを倒すため、まずは全員で王都の外へ出た。

するとクズノハが、一旦二手に別れようと提案してきた。

ベヒモスも馬鹿ではない。固まっていればこちらの魔力を逆探知され、先制攻撃を食らう可能性があると。

そんな訳で、俺は今現在——

「凄いよお兄ちゃん！　ドラゴンの背に乗ってベヒモスと戦うなんて、もう本物のドラゴンライダーで間違いなしだよー！」

——高速で飛ぶローアの背の上にいた。

月が照らす夜の中天、瞬く星たちが綺麗だと感じるが、そんなことを口に出す余裕はない。

ローアの力である程度吹き付けてくる風は防がれているものの、それでも気を抜けば振り落とされてしまいそうなくらいの速度が出ているからだ。

若干の肌寒さを感じながら、ローアに届くよう声を大きくする。

「俺とローアで足止めって話だったけど、肝心のベヒモスは……あれか！」

『GUUUU……！』

ローアの背から少し顔を上げて見れば、すぐ先には大型……いや、森の木々を踏み潰して進む超大型の魔物の姿があった。

全身は真紅の甲殻に覆われ、竜似の頭は泉を一口で飲み込めそうなほどに巨大。

四肢は大樹を幾重にもまとめたような太さで、木々も岩も問答無用で粉砕しながら進んでいる。

その姿はまるで、巨大な竜と亀、それに四足歩行の獣を混ぜ合わせたかのようだった。

「デカいとは聞いていたけど、王都の城壁並みの体高って最早動く要塞だな！」

あれだけの巨体なら、体当たり一発だけでも王都の城壁に穴が開くと見て間違いない。

ローアも目下のベヒモスを睨みつけ、力強く言い放った。

「要塞でも何でも、わたしのブレスで壊しちゃうんだからっ！」

ローアは口腔に光を充填してブレスを放った。

闇夜を切り裂く閃光がベヒモスに炸裂し、真紅の甲殻の上で小爆発が起こる。

『GUOOOOO!?』

上空からの奇襲を受けたベヒモスが大きく唸る。

そして小爆発で生まれた煙が晴れ、ブレスの着弾点が見えたものの。

「肉まで届いてないのか……!?」

「嘘!?」

ベヒモスの甲殻の一部に穴が開いた程度で、出血は見られなかった。

ローアもまさか自慢のブレスが大したダメージになっていないとは思っていなかったのか、目を見開いていた。

「神獣並みって噂は間違いなしか！　ローア、旋回してくれ！」

「分かったよー！」

一点に留まって滞空していたローアは、指示に従いベヒモスの周囲を回り出す。

初撃でこちらの存在を察知したベヒモスは、全身の甲殻を逆立てるようにして開いた。

甲殻が開いた箇所は、巨大な虚のようだった。

「……何だ、あの穴？」

『GUOOOOO！！！』

「お兄ちゃん伏せてっ！」

ローアが叫んだのと同時、ベヒモスの甲殻に開いた虚から砲丸のようなものが次々に射出された。

それらは一発一発が大岩ほどもあり、さしものローアでも食らえば墜落は必至だ。

「くぅっ、この……！」

ローアは曲芸のような動きで全て回避していくが、こちらがいるのはベヒモスから遠く離れた遥か上空だ。

まさかここまで届く遠距離攻撃手段があるとはと、冷や汗が頬を伝った。

さらにこちらを狙ってベヒモスが体内から放っている代物の正体に気がつき、ひやりとした感覚が背筋を走った。

「この感じ、これ全部魔力の塊か⁉　こんなの、神獣どころかこの前のデスペラルド並みじゃないか！」

「それにベヒモスが食べた岩も混じっているから、当たったら本当に墜ちちゃう……！」

ベヒモスの高密度魔力弾とも形容できる攻撃に加え、どんな時でものんびり屋だったローアの焦り声もあいまって、状況の悪さを悟った。

この魔力弾の嵐がいつまで続くか分からないが、ローアの体力と回避に割ける集中力にも限界がある。

「こうなったら、飛び降りて俺が直接斬りかかる！　ローア、できるだけ近づいてくれ!!」

「ダメだよ!?　もしお兄ちゃんに当たっちゃったら……！」

ローアは必死に止めてくるが、だからといって分かったとは言えない。

「今のままだともっとダメだ。この分だと二人一緒に地面へ真っ逆さまもあり得るし、逃げようとしたって逃がしてくれる手合いでもないだろ。だったらベヒモスが魔力弾を放ってくる部位を壊すしかない……そうだろ？」

「それは……」

即座に言い返さないあたり、ローアも分かっているのだ。

このままではジリ貧、かと言って逃げるのも難しい。

ローアは数秒黙り込んでから、絞り出すように言った。

「……分かったよ、お兄ちゃん。でも絶対の絶対、わたしの背中に戻ってきてね!?　絶対だからね!!」

「ああ、そのつもりだ。だからローア、頼んだ！」

ローアは一度深呼吸をして、答えてくれた。

「うん……いっくよーっ！」

月明かりを背に天高く舞い上がったローアは、頭を地に向け一気に急降下した。

『GUUUU！！！』

逆巻く豪風の中、ローアの背に体を寄せて両手で掴まる。

ベヒモスとの距離が詰まっていく中、魔力弾が幾度となく掠めかかるが、ローアの急加速に対応しきれないのかそれらは紙一重で外れていく。

そしてベヒモスにある程度接近したところで、ローアの背から飛び降りる。

同時、力を抑え込んでいた指輪を外し、神獣の力を全解放する。

――ここが分水嶺だ、気合いで押し切る！

「ハァッ！」

抜き放った長剣から爆炎を放出し、反動で飛び退いて魔力弾を回避。

次いで正面に展開したマイラの水盾で魔力弾の軌道を辛うじて逸らして自由落下。

神獣の力で強化された肉体の恩恵もあり、無事ベヒモスの体表へと着地する。

『GUOOOOO！！！』

背に落ちてきた異物を振り落とそうと、ベヒモスが魔力弾の放出を停止して体を大きく揺らす。

大地震にも等しい衝撃に、立つことも難しい。

だが、魔力弾の放出が止んだ今こそ好機。

「外側は硬くても、中身はどうだ！」

長剣を振り上げ、展開された甲殻の内部に刃を突き入れる。

「爆ぜ焼けろッ!!」

突き入れた長剣から爆炎を発し、ベヒモスの体内を焼き焦がしていく。

肉の焼ける匂いが鼻を突いて、思わず顔をしかめた。

『GGGGGGG!?』

体内の魔力弾生成部を焼かれたベヒモスは、動きを止めて苦悶の咆哮を上げた。

その隙を逃さず、間髪入れずに長剣を振るって他の魔力弾生成部にも火炎弾を叩き込んでいく。

ベヒモスの真紅の背が、炎に包まれさらに紅く染まっていった。

『GUOOOOO！！！』

「くっ……!?」

痛みに悶えるベヒモスは、体を回転させて背にいるこちらを押し潰そうとしてきた。

だがその時には既に、俺は真横に飛来してきたローアの背に飛び乗っていた。

「悪いローア、助かった！」

「気にしないで！　でもお兄ちゃん、もう【呼び出し手】ってより本格的にドラゴンライダーって感じだね。王都の危機に、竜に跨り命がけで魔物と戦う英雄の姿あり！　……なーんちゃってね！」

茶化したように言うローアに、苦笑交じりに返事をする。

「英雄はともかく、命がけなのは間違いないな……！」

どうにかベヒモスの魔力弾は止められたが、堅牢な甲殻はそのままだ。

致命打を与えようにもローアのブレスすら効かない今、どう仕留めるかと悩んでいると、空の向こうから聞き覚えのある声が届いた。

「ご主人さま、ローア！」

「フィアナ！」

不死鳥の姿で飛来してきたフィアナは、すぐ真横までやってきた。

「準備できたよ。マイラとクズノハが一旦離れてって！」

「一旦って……うわっと⁉」

「掴まって！」

ローアが小さく宙返りすると、先ほどまで滞空していた位置を岩塊が通過し、闇夜に消えていく。

突然の奇襲攻撃に、またベヒモスからの攻撃かと下方を見ると、地上にはびっしりと赤い点が広がっていた。

よく見れば蠢《うごめ》いている赤点の群れは、まるで漣《さざなみ》のようだった。

「……何だ、あれ？」

地表を凝視して数秒。

一面に広がる赤の正体にいち早く勘付いたフィアナが「嘘」と声を上げた。

「あれ全部、魔物の目だ……！」

言われて、肌が粟立った。

あれが全部？　百や二百どころの数ではない、何百どころか千にも届く勢いだ。

「まさか【呼び出し手】スキルの副作用で寄ってきたのか!?」

「お兄ちゃんさっきまで指輪をしていたんだから、そんな訳ないよー！　いくら何でも集まるのが早すぎる！」

「それなら、これって一体……!?」

半ば混乱気味に言うと、フィアナが「そっか……！」と目を見開いた。

「あいつら全部、最初からベヒモスのおこぼれをもらおうとして遠くから集まってきたんだよ！」

「おこぼれ……？」

一瞬フィアナの言葉の意味を考えてから、はっと顔を上げて後方を見据える。

「王都の人間たちか!?」

「ベヒモスが城壁を崩せば、入り放題だからね……！」

「させないよーっ！」

ローアは、地表へとブレスを放った。

閃光で地面に線が引かれ、その射線上にいた魔物が吹き飛んでは塵と化していく。

「王都にはいいお店もいっぱいあって、クズノハのおうちもあるんだから！　絶対好きにはさせないもん!!」

『GUOOOOOOOO!!』

濁った咆哮と共に、再び直下から投石。

恐らくトロルのような人型の魔物が簡易的な投石機などを使用しているのだろうが、たかが投石と侮るなかれ。

一発二発ならローアも尾で弾き返せるとしても、その数が三桁近くにもなれば話は別。

圧倒的な数の暴力の前に、神獣であるローアもフィアナも一旦の散開を強いられる。

ローアの急旋回に、肺から空気が絞り出された。

「くっ……ベヒモスもいるのに、奴らにばっかりにも構えないぞ！」

「大丈夫、ベヒモスの方はマイラとクズノハが結界で抑えるみたいだから！」

フィアナに言われて視線を向けると、神獣化したマイラとクズノハがベヒモスを挟んで立っていた。

そしてマイラとクズノハが口を動かして何かを唱えると、閃光がベヒモスを包み込み、四方を囲う巨大な壁となった。

『GUOOOO！！！』

ベヒモスは結界を押し砕かんと何度も突進するが、光の障壁はビクともしない。

「そうか、あの二人の準備って結界のことだったんだな」

これならしばらくは大丈夫そうだと安堵感を抱くが……その刹那。

極大の風圧に体を持っていかれかけ、ローアの背にしがみ付いた。

「今度は何だ!?」

「きゃっ!?」

薄眼を開けると、雲の中から巨大な何かが迫っていた。

暴風の中、ローアとフィアナは身を翻《ひるがえ》してそれを躱《かわ》しにかかった。

……否、躱しながらも大風圧に押しのけられていた。

『KUOOOOO!!』

雲の帳《とばり》を引き裂き、月明かりを背に暴風と共に現れたのは……巨大な飛空棲爬虫類、俗に言う翼竜だった。

竜の名を持ち翼も生やしているが、それはあくまでも前肢が翼と化したもの。

神獣であるドラゴンのように、四肢とは独立した翼を持っている訳ではない。

それでもその超弩級の巨躯は、幼いとは言えドラゴンであるローアの五倍以上はあった。

加えて特徴的なのは、歯ではなく鋭利な嘴となっている口先。

そこからも、獲物を食らい噛み破るための歯を持つドラゴンとは明らかに別生物であると分かる。

「おいおい、こいつまさか……!?」

……これだけ鮮明に特徴が揃っていることから、奴の正体が何かはすぐに分かった。

だが、その正体を認めたくはなかった……あまりにも間が悪すぎるがために。

何せ、奴は……!

「【四大皇獣】空蛇獣ケツァルコアトル……!」

「嘘、こんなのまで!?」

『KUOOO!!!』

濁った黄土色の翼竜は蛇のように長い胴をうねらせ、呼びかけに応えたかのように耳をつんざく咆哮を上げた。

「くぅっ……！　うるさぁーぃ!!」

ローアがすかさずブレスを放ち、ケツァルコアトルに直撃。

閃光が爆ぜて、夜の闇に光が咲く。

ケツァルコアトルの胴は見たところ、甲殻ではなく緻密な体毛に覆われている。

これならベヒモスのようにダメージにならないということは……いや。

『KOOOOOO！』

「嘘、どうして……!?」

奴は健在、ほぼ無傷で滞空している。

一体どんなカラクリだと疑った矢先、フィアナが叫んだ。

「あの体毛、魔力を拡散させているんだよ！」

「んなっ、それってつまり!?」

「ローアのブレスみたいな、高密度の純魔力技ほど効き目が薄いってこと……でも！」

フィアナが爆炎を纏って空を駆け、ケツァルコアトルに体当たりを仕掛ける。

すると体表を焼かれたケツァルコアトルは、悲鳴を上げてもがき出した。

「やっぱり、あたしの炎みたいな魔力から副次的に生み出されたものには弱いみたい！　ご主人さま、ここはあたしが……ふぁっ!?」

目を剥いたケツァルコアトルが、大きく羽ばたいた。

飛行生物とは思えない規格外の巨体から繰り出される超風圧で、フィアナは大きく吹き飛ばされ、距離を取られてしまった。

さらに奴が雲海いっぱいに広げている体をうねらせるたびにも、極大の風圧が遅れてやってくる。

どうやら全身に魔力で生み出した暴風を纏っているようで、近づいただけでもローアの体勢が崩れそうになってしまう。

「あまりにも体格差がありすぎる！　あいつ、クズノハの家よりずっとデカい癖に飛べるとか反則だろ⁉」

ベヒモスが地上要塞なら、ケツァルコアトルは空中要塞だ。

とにもかくにも、通常の魔物どころか神獣とも一線を画すサイズだった。

「ベヒモスの他に、魔物の群れと合わせてこんな奴の相手まで……！」

——不可能だ。

そう口から転がり出かけるが、泣き言を吐いても何も好転しない。

寧ろローアたちの士気を下げるだけだと、口元で弱音を噛み殺す。

それから何か奴を退ける策がある筈だと、思考を巡らせ……。

「……ん、待てよ？　こいつもベヒモスみたく魔道書の魔力に引かれてきたなら、魔道書さえくれてやれば⁉」

「お兄ちゃん、多分それは無理だと思うよ。クズノハも言っていたでしょ？　魔道書から放たれた光の柱、あれを目指してベヒモスは来たって。今の魔道書には、あんな膨大な魔力は篭っていないもん。何より……」

ローアは後方の王都を見て、目を細めた。

「あの翼竜さんもきっと、魔力じゃなくてベヒモスのおこぼれをもらいに来たと思うから」

おこぼれ、つまりは人間。

ベヒモスが王都の城壁を崩して更地にしたところで、捕食に移る算段か。

それとも単に、ベヒモスの襲撃に乗じて今から王都へ降下するつもりなのか。

「……おいおい、光の柱を餌と勘違いしたベヒモスよりタチが悪いぞ！」

「人間を食おうって意思が明確にあるっぽいからね……！　そういう殺気が伝わってくるよ」

フィアナもあの巨体には参ったのか、普段ほど声に覇気がなかった。

「何にせよ、止めるしかない！」

でも、どうすればいい。

フィアナの攻撃は効くが、あの暴風の鉄壁の前にはもう接近すらできまい。

それにローアのブレスも有効打にならない……状況はほぼ最悪だ。

焦燥感に思考が焼けそうになった時、勢いを取り戻したフィアナの声が届いた。

「……そうだ。ご主人さま、魔道書を出して！　確か物を作る魔術ってあったよね？」

フィアナに言われた通り、懐から魔道書を取り出す。

「あったと思うけど、軽いのしか作れなかった筈だ。一体何を作ればいい？」

「お願い、弓を作って！　その間あたしが時間を稼ぐから！」

「おい、弓って……!?」

言い終えると、フィアナは爆炎を纏って空を駆け、ケツァルコアトルの周囲を巡る。

撹乱されるケツァルコアトルは、怪鳥めいた咆哮を上げながらフィアナを追いかけ出した。

素早さではフィアナに分があるようだが、捕まってしまえばひと呑みだ。

フィアナが無事なうちにと、即座に魔道書を開いて魔術名を再確認し、宣言する。

「これだ……仮想物質《マテリアル》・顕現《リアライズ》！」

魔道書の補助を受けながら手のひらに魔力を集約し、魔法陣を展開。

それから深呼吸をして、思い浮かべたイメージを魔法陣の中へと落とし込んでいく。

ぼんやりとした形状が、次第に頭の中ではっきりとした形を得ていった。

……その時、不思議と思っていたよりもスムーズに工程が進んでいることに気がつく。

魔術を使えるようになってすぐの自分が、本当に一分のミスもなしにここまで上手くやれるものなのか？

「……いや、クズノハのおかげだな」

よくよく感じ取ってみれば、魔道書にはクズノハの力が色濃く残っている。

大方、魔術の補助にクズノハの力も加わっているのだろう。

ローア、フィアナ、マイラのくれた武装のように、クズノハも神獣の力をこの魔道書に託してくれていたのだと、今更ながらに気づかされた。

――多分、調整と並行してクズノハの力を魔道書に練り込んでいたから、あの時店で暴発しかけたんだろうな。神獣のクズノハがただ単に魔道書の調整に失敗っていうのも、妙な話だと思った。

クズノハの心意気に感謝しながら、魔術行使を続行する。

それから手のひらに、ほのかな熱と重みを感じた頃には……。

「お兄ちゃん凄い、もう完成してる！」

ローアが驚いたように、手の中に弓が完成していた。

しかし正規の【魔術師】スキル持ちでない俺の技量の低さからか、普段使っている弓の半分程度の重さしかない代物となってしまった。

これでは弦を引けても、数回程度で壊れてしまうのではないだろうか。

そう思っていると、フィアナが方向転換してこちらへと突っ込んできた。

……当然のように、ケツァルコアトルも引き連れて。

「ご主人さま、できたんだね！　ローア、あたしも乗せてっ！」

「え、えええええ!?」

素っ頓狂な声を上げるローアを無視して、フィアナは人間の姿となり飛び乗ってきた。

咄嗟にフィアナの華奢な体を抱きとめ、ローアの背に伏せる。

そうしている間に、ケツァルコアトルが距離を詰めてきた。

『KYUUUUUU!!』

「ほらローア、早く逃げて！　皆まとめて食べられちゃうよ！」

「もう、フィアナは勝手すぎーっ！　貸し一つだからね！　それとお兄ちゃんの弓で秘策でもあるなら、早く仕留めてよね！」

ローアは不服そうだったが、翼をはためかせてケツァルコアトルから距離を取る。

追いすがってくるケツァルコアトルとの空中レース。

雲を突き破ってアクロバットな軌道を描くローアの背で、フィアナに問いかけた。

「フィアナ、一体どういう考えがあるのかそろそろ聞かせてくれ！」

「ごめんね、説明もなしに」

フィアナはちらりと小さく舌を出してから、話を続けた。

「分かっていると思うけど、今のケツァルコアトルの風の防壁は簡単には突破できなさそう。あたしが全力を出して突破できたとしても、一気に魔力を使って消耗しちゃうから後が続かない、完全には仕留めきれない。……だからこそ」

フィアナは魔術で形成した弓に手を添え、力強く言った。

「ご主人さまが作ったこの弓で、奴を射抜くの。あたしだけじゃ無理、ご主人さまの力が不可欠」

「でも、この弓は即興品だぞ。期待してもらって悪いけど、あんな化け物を射抜けるかって言われたら……」

それこそ大型の弩弓でもあって、やっとではないか。

しかもあんなに自由に動かれては、当たるものも当たらない。

それでもと、フィアナはかぶりを振った。

「大丈夫、できるよ。あたしとご主人さまの力なら……絶対にね！」

フィアナは目を閉じ、弓へと赤く澄んだ神獣の力を流し込んだ。

力を受けた弓は木にも似た材質から、長剣の刀身のように、真紅の宝石のような材質へと変化していく。

変化が終わる頃には、弓は逆巻く炎のような意匠が彫られた大弓と化していた。

「ご主人さま、これでもまだ足りない？」

自信ありげに聞いてきたフィアナに、笑って答えた。

「いや、充分以上だ。……でも、矢はどうする？　つがえるものがないと、射れないぞ」

「それなら、これがあるよ」

フィアナは長剣を指していた。

「あたしの力が篭った長剣をつがえて撃ち出すの……安心して。あたしの力が、意思が宿っているんだから。ご主人さまが絶対に当てるって熱く願えば、必ず応えてくれるから」

フィアナはこれまで聞いたことがないほどに落ち着いた声音で言い、大弓を差し出してきた。

こんな時にも関わらず、フィアナの瞳はまっすぐで、暖かな自信と希望に満ちていた。

そんなフィアナを見ているうちに、体にわだかまっていた緊張感が霧散していき、鼓動が落ち着いていく。

「いけそう、ご主人さま？」

そう尋ねてくるフィアナに、首肯で応じる。

「任せろ」

「……って、お兄ちゃん！　わたしの背中でいい雰囲気になっているところごめんなさい！　もうすぐ追いつかれちゃうから早くどうにかしてー!?」

流石のローアでも、二人も乗せていると速度が出ないらしい。

焦りを孕んだローアの声音を受け、フィアナに支えてもらいながら後方を向き、真紅の大弓に長剣をつがえる。

弦を引いた途端、大弓と長剣から爆炎が吹き出し、豪風の中で大きく育っていく。

巨躯をうねらせ飛来するケツァルコアトルは既に、目と鼻の先。

ローアの尾に食らいつかんと迫りくるが、だからこそ好都合。

この距離なら、外すこともない。

大弓と長剣とで構えている両腕が痺れるほどに弦を引けば、爆炎が一層増した。

魔力が臨界に達した大弓から稲光すら生じつつある、その須臾《しゅゆ》にて。

「ご主人さま、今！」

「灼き墜とす——灼炎弩弓《ブレイジング・バリスタ》!!」

発射直前、魔術の要領で即興の技名詠唱と共に自身と魔道書の魔力を上乗せし、威力を増強。

爆炎と稲光を纏う不死鳥の長剣が闇夜を引き裂き、空の【四大皇獣】に食ってかかった。

「あたしの炎、あの大蛇を貫いてっ！」

『GYOOOOOOOOO!!』

ケツァルコアトルは迫りくる爆炎を暴風の鉄壁で退けようと羽ばたくが、無駄だ。

不死鳥の力を一点突破の矢としたこの一撃は、あらゆる防御を射抜き進む。

如何なる超常の化け物であったとしても、逃れられはしない。

「王都を狙うタイミングが悪すぎたな、ケツァルコアトル！」

『KYUOOOO！！！』

ケツァルコアトルの胸部に到達した長剣は、爆音を轟かせてその巨躯に深々と突き刺さり、爆炎と稲光を散らす。

さらに暴風が爆炎をより大きく育て上げ、火の手は瞬く間に奴の全身へと広まっていく。

最後に翼をも焼かれたケツァルコアトルは、飛行能力を維持できなくなり重力の手に捕まった。

『GUOOOOOOOOOOO!?』

耳障りな鋭い悲鳴を発しながら、ケツァルコアトルは地へと墜落し……その先には。

「どんぴしゃだねー！」

マイラとクズノハの結界に捕まっている、ベヒモスの姿があった。

「んなっ!?　もしかしてローア、ベヒモスの上に落ちるように……!?」

驚愕するフィアナへと、ローアは得意げに言った。

「わたしだって、考えなしに飛んでないもん！　お兄ちゃんが絶対にケツァルコアトルを仕留めるって、そう信じていたんだから！」

「ご主人様『と』あたしでやったんだけど!?」

姦《かしま》しく言い合うローアとフィアナの一方、ケツァルコアトルは盛大に砂煙を叩き上げてベヒモスへと到達した。

また、ケツァルコアトルの巨躯からもたらされた落下の際の破壊力は、堅牢な甲殻に覆われたベヒモスでさえ無視できるものではなかったらしい。

よく見れば、ベヒモスは口から血を吹き出して呻き声を上げていた。

「ベヒモスの動きが完全に止まった……！」

「ケツァルコアトルを押しのけてまた暴れる前に、今がチャンスだよ！」

「……待って、何か様子がおかしい！」

ローアの叫びと同時、ベヒモスが大口を開き、これまで以上に巨大な魔力弾を溜め込んでいるのが見えた。

「まずいよご主人さま、至近距離であんなの撃たれたら結界がもたない！」

「それにベヒモスの向いている方からして、結界を貫通したら王都の城壁に直撃か……！」

王都を目指していたベヒモスの頭は、過たずに城壁を向いている。

このままでは城壁が崩され、魔物の群れが王都に雪崩込む。

「くそっ！　ローア頼む！」

「降りるよーっ！」

ローアは大きく羽ばたき、ベヒモスへと向かって行った。

同時、ベヒモスを止める手立て考えるべく思考を際限なく拡張させていく。

ローアのブレスにフィアナの爆炎か？　それともマイラの水やクズノハの術か？

もしくは……自分に何かできるのか。

ふいにローアの降下点へ向けて、二方向から何かが駆けてくるのに気づく。

「【呼び出し手】さん！　もう結界も保たないから、これを使って!!」

「妾の力、存分に振るうがいい！　このデカブツを止めてしまえ!!」

「マイラ、クズノハ……！」

駆けてきたマイラとクズノハは人間の姿になり、輝く何かを投げ渡してきた。

それらを受け止めようとするが、しかし両方とも近づいてきた途端、腰の方へと吸い寄せられてしまう。

思わず視線を落とすが……。

「短剣に吸い込まれたのか!?　……そうか、二人の魔力か！」

ローアの力が篭った短剣は、どうやら投げ渡された二人の神獣の力を吸収したらしい。

次いで役目を終えた大弓が、爆炎となって鞘に収まる短剣に吸い込まれていく。

その途端、短剣が七色の極光を帯び出した。

鞘から抜くと、短剣は刀身が光で拡張され……月明かりの下、極光の剣が煌めいて顕現していた。

その刃からは、【魔神】デスペラルドを倒した時以上に莫大な力を感じられる。

これが伝説の力を四重にも束ねた、神獣の力の結晶。

だがそれに見惚れている暇もなく、地表とベヒモスの巨体が迫っていた。

「お兄ちゃん……お願い、決めて！」

「言わずもがなだ！」

ローアが結界内に突入し、ベヒモスの真正面へと回り込んだ刹那。

左手でローアの背に掴まりながら、右手で剣を構えて神獣の力を解放していく。

長剣の刃は月明かりと重ね合わせた神獣の膨大な魔力によって、二つ目の月のように輝いている。

深紅の甲殻すら霞むほどに輝く刀身を、勢いそのままにベヒモスの首元に突き入れた。

『GUUUUUU！！！』

ローアが突っ込んだ際の加速と神獣たちの高密度の魔力を帯びた剣は、ベヒモスの甲殻を容易に貫いた。

……それでも、これだけでは足りない。

ベヒモスの巨躯に対して、この剣の刺突だけではまるで倒しきれない、だからこそ。

「全開放だ、吹き飛ばしてやる！」

皆から託された力を、刀身を通して解き放つ。

神獣たちの莫大な力を刃から猛噴出した結果、衝撃でベヒモスの喉元の甲殻が粉々に爆ぜ飛んだ。

続いて七色の光が刀身に沿って爆発的に伸び、ベヒモスの喉を貫通してなお伸びていった。

「ローア、舞い上がれっ！」

「任せてー！」

ローアが飛翔するにつれ、伸びた刃がベヒモスの喉元を切り裂いていく。

『GEEEEEEEEEE!!』

生物の弱点である喉元を大きく損傷したベヒモスは、濁った咆哮を天高く上げた。

出血も激しく、間違いなく致命傷。

それでもベヒモスは往生際が悪く、魔力弾を放つのを諦めない。

「ここまでやっても、まだ……!?」

口腔をより一層大きく開き、ベヒモスが魔力弾を放ちかける……が。

「悪いわね、わたしも簡単に勝ちは譲れないわ！」

マイラが手のひらを地に付けた途端、結界内の地面から水が噴き出し……地形をみるみるうちに沼地のように変貌させていく。

水を操る水棲馬特有の権能にして、修行を積み続けたマイラだからこそ可能な荒技。

足元の地形を丸ごと沼地にされた大質量のベヒモスは、その背にいるケツァルコアトルの重さもあいまってずぶりと沈んでいく。

『GUOOOOOO！！！』

足を取られたベヒモスはもがくようにして暴れ、口腔に溜まっていた魔力弾は集中力が欠如した結果か、消失していった。

けれどまだ、安堵するには早すぎる。

また魔力弾を溜める前に、奴を仕留めきらなければ。

「ローア、上へ！」

「分かったよー！」

ローアは舞い上がりベヒモスの直上へ、次いで奴の背目掛けて急降下。

それに合わせて、剣を構えて神獣の力を充填する。

狙いはベヒモスから最も魔力を感じる箇所、心臓一択。

そこを再び動き出しつつあるケツァルコアトルごと、過《あやま》たず貫く！

『GUUUU！！』

ベヒモスはこちらの動きに気づいたのか、再度口腔に魔力弾を溜めるが……遅い。

俺が駆るのは、天空の王者と称される誉れ高き神獣、ドラゴン。

相手がいくら【四大皇獣】であろうとも、ここ一番の素早さ勝負で敗れる道理はない！

「これで終わりだ、貫き砕く！」

神獣の力でリーチを極長に伸ばした剣を、ケツァルコアトルの上からベヒモスの背、さらに心臓へと突き立てる。

虹の極光が炸裂したケツァルコアトルの胴には大穴が開き、ベヒモスの甲殻をも貫通して腹の方まで刃が通ったのが手応えとして伝わってきた。

『GUOOOOOO！！！』

『KYUOOOOO！！！』

夜空を仰いだ二体の【四大皇獣】の断末魔が、あたり一帯にこだまする。

冷たい闇夜の空気と共に、肌をも揺らす大咆哮。

『G……GUUU……』

それでも長くは続かず、巨大な魔力弾が口腔から天高くに放たれたのを最後にして。

ベヒモスは静かにその瞳を閉ざし、ケツァルコアトルは巨大な翼を大地に横たえた。

『G、GAAAA……!?』

二体の【四大皇獣】の絶命を受け、周囲の魔物たちが浮き足立つ。

この先どうすべきかとざわめき、各所から恐れの咆哮が上がる……そして。

「今すぐに、帰りなさーいっ！」

ローアの一声を皮切りに、神獣四人が力を解放。

閃光が、熱波が、大波が、妖術が。

あまりにも強烈な威嚇が夜天いっぱいにうち広がり、それを見た魔物たちは蜘蛛の子を散らしたように潰走してゆく。

通常の魔物が千に届く群れで挑んだとしても、神獣たちが相手では万に一つも勝機はない。

そうして魔物の群れが消え去った後には、【四大皇獣】二体と戦いの余波ばかりが残っていた。

各所に大穴が穿たれ荒れ果てた土地と、倒された木々に大量の血痕。

それでも王都は健在であり、誰一人欠けずにここに立っている。

そんな満足感を胸に、各々が思い思いに一言。

「やっと終わってくれたな……」

「一件落着だねー！」

「ま、あたしたちにかかればこんなもんだよ」

「結構大変だったけれどね」

「お主らもご苦労であったわ」

気がつけば、空が白み始めた頃合い。

群青色の空の下、俺たちはささやかに勝利を喜び合っていた。

# エピローグ　神獣使いは日常へ

王都に行ってから、早一月。

すっかりと山奥での穏やかな生活へと戻った頃。

今日も狩りや農作業に勤しんでから、後はのんびり昼寝でもしてから温泉に浸かろう……そう思っていたのだが。

「うむうむ、お主ら揃って壮健そうで何よりだ」

目の前には、優雅にお茶を啜っているクズノハの姿があった。

聞けば、時間ができたのでこちらの気配をたどって押しかけてきたのだとか。

この神獣、大分フリーダムである……というよりも。

「さっき来た時には大分驚かされたけど、クズノハって割と暇なんだな……」

よく考えたら、王都にいた間は働いていている素振りもなかった。

クズノハは強く反駁《はんばく》してきた。

「言うに事欠いて暇とは何だ。妾はあのあたりでは腕の立つ医術師として通っておるのだぞ？　妾の力があれば、人間の風邪も怪我もあっという間に治せるのでな」

「つまりこの前は、患者がたまたま来なかっただけ？」

「言ってしまえばな。……あ、そうだお主。今日は面白いものを持ってきたぞ？」

クズノハは仕返しだと言わんばかりににやにやしながら、懐から一枚の紙切れを取り出した。

その紙は一面、文字と絵で所狭しといった具合に埋められていた。

「これってあの、新聞ってやつ？」

「その通り。辺境では珍しい品かもしれないが、王都では毎日のように刷られておる。これはお主らが去った翌日のものなのだが……この部分を見よ」

クズノハが指した見出しには、こうあった。

【蘇った伝説！　王都の窮地に竜騎士降臨！】

「えっ……んんっ？」

思わず二度見した。

それから記事の方には「二体の【四大皇獣】と戦う竜騎士の姿が〜」とか記されていて、正直気恥ずかしくなってきた。

もっと言えば、ある意味とんだマッチポンプでもあった。

「竜騎士降臨ってまた大袈裟な……」

「いやいや、大袈裟じゃないよー？　わたしに乗って戦ったんだから、逆にドラゴンライダー以外の何者でもないもん」

クズノハの土産の菓子を横で齧っていたローアは、若干むすっとしていた。

……要するに、自分に乗って戦ったのにドラゴンライダーだと認めないのは不服である、とかそういう方向の不満らしかった。

「寧ろお兄ちゃんはドラゴンライダーって肩書きが気に入らないの？　だとしたら、わたしちょっとどころかとってもショックなんだけど。せっかく乗せてあげたのにー……」

「待った、そうじゃない。単に蘇った伝説とか、そういう見出しが恥ずかしかっただけっていうか」

くてんと机に突っ伏してしまったローアの横で慌てていたら、ローアは顔を向けてきてからふふんと微笑んだ。

「それなら許してあげる、大切なわたしの乗り手だもん」

「あ、それかなり聞き捨てならないかも。たまたまローアに乗っていただけで、あたしだって乗せようと思えばできたんだし」

暇そうにミャーを撫でていたフィアナは、何故かローアに食ってかかった。

続けてお茶を飲んでいたマイラまで寄ってきた。

「うーんと、人間ってよく馬に乗るでしょう？　だったら乗り心地は水棲馬のわたしが一番な気もするのだけれど？」

「あーっと、えーっと……」

何やら話がややこしい方向に拗《こじ》れている。

これはまずいと思い、アイコンタクトでクズノハに助けを求めてみるものの。

「ほう、ここで妾を見つめるということは、お主は我が背を所望すると。まあ妾の背は自慢の銀毛で柔らかであるし、当然と言えば当然だがな」

「くっ、もっとややこしくなった……⁉」

それにいつの間にか、目の前に神獣四人がぐいぐいと詰め寄ってきていた。

誰の乗り心地が一番いいのか答えるまで解放してくれない、そんな雰囲気だった。

「その、皆違って皆いいとか……ダメ？」

「「「「ダメ！」」」」

「はい……」

はてさて、これはどうしたもんか。

別段、誰が一番とか言うつもりはないのだが。

困ったので皆から目を逸らしてみるが、それがあまりに露骨すぎたのか、痺れを切らせたローアが「じれったぁーい！」と立ち上がって一言。

「こうなったら、誰が一番か決めようよ！」

ローアの一声に、自分以外の全員が頷いた。

「それじゃあご主人さま、早く外に行こ？」

「善は急げって言うものね」

「うむうむ。速攻で決着をつけてくれよう」

「えっ……はっ⁉」

俺は神獣たちによって、一瞬で家の外へと連れ出された。

こうしてこの後、代わる代わる神獣の姿となった皆の背に乗せられることになったのだが……。

乗っていて心地よくもあったし、景色も楽しめたのでよかったものの、皆が疲れ果てて眠りにつくまで「誰の乗り心地が一番いいか」と聞かれ続けたのには少しだけ参ってしまった。

「賑やかというか、皆本当に元気がよすぎるというか」

それでも今日もいい一日だったと、皆の寝顔を見ているうちに暖かな安堵感を覚えるのだった。

## 番外編　神獣たちと辺境の日常

家からそう離れていない、山奥の一角にて。

「……」

目を閉じて深呼吸を数度繰り返し、ゆっくりと集中力を高めていく。

それからここだというタイミングで、静かに目を開いた。

「さて、いけるか……！」

体内から熱を発するイメージで魔力を練り出し、手のひらに集約させていく。

手の中に魔力が充満したタイミングで、魔道書の補助を受けながら術名を宣言。

「火口《ティンダー》！」

手の中に魔法陣が展開され、そこから小さな火球が生まれて燃え盛る。

「よし成功、後はこれを維持して……あぁっ⁉」

しかし小火球はすぐに燃え尽き、魔力共々霧散してしまった。

それを見て体から力が抜け、背中から大の字に倒れこんでしまう。

「くっそー、いい線行っていたと思ったんだけど。王都から戻ってからは中々上手くいかないな

「……」

「まあまあ、修行を始めたばかりではそんなものよ。逆に最初から上手くいくなら、皆苦労しないから」

「そう言うマイラは……いつ見ても凄い技量だよなぁ」

「ふふっ、お褒めに預かり光栄だわ」

マイラはすぐそばで、水を操っては様々な形に練り上げていた。

動植物から、王都で見かけた街並みまで。

滑らかに千変万化していく水の流れは、まるで洗練された演舞のようだった。

……そう、ここ最近はこんな調子でマイラが修行をしている傍《かたわら》、俺もこうして魔術の鍛錬を積んでいる。

けれど失敗続きで、修行の成果が出ているとは言い難かった。

「正規の【魔術師】系スキル持ちじゃない俺は、魔力の量が少ないのは分かるけども……」

懐から魔道書を取り出し、見つめる。

俺自身はあくまでこの魔道書の補助もあって魔術を扱える、謂わば【擬似魔術師】だ。

だからこそ通常の【魔術師】ほど魔術を連打できないのは、当たり前の話ではあるけれど。

「初歩の魔術を日に二、三回使った程度でへばるのはなぁ」

悩みの種は、そこだった。

クズノハからもらった魔道書による魔術行使のおかげで、炉に火を入れたり濡れた髪や洗濯物を乾かしたりするのも随分と楽になった。

……しかしだからと言って、その後動けなくなっては本末転倒だ。

思い返せば少し恥ずかしいが、先日魔力切れで倒れかかった時はローアに支えられた後、一日中(心配したローアが離してくれなかったのもあり)膝枕されて過ごすことになった。

典型的な【魔術師】系スキル持ちの人は、魔術で自分の魔力が枯渇しないように活動していると聞いてはいたが、なるほど枯渇するとああいう状態になるらしい。

ローア曰く「わたしたち神獣の力もだけど、人間の魔力も生命力に等しいものだから。使いすぎは厳禁だよー?」とのことだった。

「でも、ローアも修行すれば魔力量が増えて使える魔術の幅も広くなるって言っていたし。もっともっと頑張らないとな」

すぐに起き上がって、気合を入れ直す。

「こうなったら、また体を鍛えてみるか……!」

体がひ弱では、きっと魔力量もロクに増えないだろう。

それに自分は成人の儀を終えてしばらくの十五歳。

まだまだ体を鍛えなくてはいけない年齢なのだ……そう思って、半ば日課と化した腕立てを始めてみるのだが。

「馬鹿者。筋肉を鍛えて魔力量が増えるなら、妾も今頃腹筋が割れておるわっ！」

「あいてっ!?」

ぺしりと軽く頭を叩かれ、体勢を崩してしまった。

頭を上げると青空と一緒に、見覚えのある狐耳が見えた。

「クズノハ？　何だ、来ていたんだ」

「うむ、時間ができたのでな。お主らの様子を見に来たのだ」

「……つまりまた暇だったと？」

「やかましいわっ！」

小首を傾げたマイラに痛いところを突かれたのか、クズノハは狐耳と尻尾を逆立てぷいっとそっぽを向いてしまった。

けれど、すぐにちらりと瞳を向けてきた。

「……少し様子を見ておったが、魔術の扱いに難儀しているようだな。どれ、時間もある。妾直々に手ほどきをしてくれよう」

「いいのか？」

「またああいうことをされても、筋肉しか育たぬのでな。努力の方向があまりに違いすぎて、魔術の鍛錬としては時間の無駄以外の何者でもないわ」

クズノハはばっさりと言い切った。

つまり筋トレは意味がなかったらしいと。

日々の魔術鍛錬の後で地道に頑張っていたので、少ししょげたくなった。

「なら魔術の鍛錬って、何をどうすればいいんだ？」

「それは当然、魔術を使い続けて精度を上げる。同時に体へと魔力負荷をかけることで、魔力の貯蔵量を地道に底上げしていく。これに勝る方法はないな」

クズノハにそう言われ、思わず後ろ頭をかいた。

「その……悪いんだけど、今日俺が使える魔力ってもうほとんど残っていなくて。さっきの火口《ティンダー》で打ち止めなんだ」

「それにこれ以上【呼び出し手】さんが魔力を使ったら、倒れかねないわよ?」

クズノハは「ふふん、我に策ありだ」と不敵に笑った。

「ほれ」

クズノハはくるりと後ろを向いて、人間姿でも生えている柔らかな毛並みの尻尾を振ってきた。

「いや、ほれって?」

「存分にモフるがいい」

「存分にモフる」

反射的に復唱してしまった。

存分にモフるとは、これ即ち。

「尻尾に触りまくれって解釈で合っているか?」

「然り。まあ、狐に化かされたと思って触れてみよ」

「……? それなら遠慮なく……」

差し出されたクズノハの尻尾を両手で持って、もふもふとしてみる。

銀の毛並みは思っていた以上に柔らかく、太陽のように暖かく柔らかな匂いがした。

これ以上手触りのいいものに触った経験はない、そんな気すらしてくる。

気がつけば、思わず顔を埋めていた。

「……お主、意外と遠慮がないな」

「そりゃクズノハが存分にって言うんだから。せっかくだし遠慮していたら勿体ないかなと」

「それはそうかもしれんが……。この九尾の妖狐たる妾の尾っぽをここまで無遠慮に扱ったのは、後にも先にもお主だけであろうよ」

そう言いながらも、クズノハは満更でもない様子だった。

そのままクズノハの尻尾と触れ合い続けて少し。

「あれっ？　魔力が戻っている……？」

いつの間にか、魔力消費による倦怠感が体から消えていることに気づいた。

――でも、自然回復にしては大分早くないか……？

疑問に思っていると、クズノハが言った。

「尾っぽに触れている間、お主に妾の魔力を流し込んでおいたのだ。妾たち神獣は、魔力の塊とも言えるのでな。ついでに妾の技量があれば、この程度は容易い」

「……まさか、こうやって魔力を回復しながら魔術の鍛錬を積んでいくと？　でもそれ、【呼び出し手】さんの体にかかる負荷が馬鹿にならない気がするのだけれど……？」

恐る恐るといった面持ちでマイラが聞けば、クズノハは真顔でこう言い切った。

「こやつも【魔神】を倒した男だ。神獣的なギリギリを攻めても問題あるまい」

――いやいや。一応俺、クズノハたちと違って人間なんだけども。人間的な修行をお願いしたいんだけども。

しかしそんな言葉を挟む間もなく、クズノハは「疾《と》く始めよ」と急かしてきた。

仕方なく言われるままに回復した魔力を手のひらに集約して、魔術起動に必要な魔法陣を展開しにかかる。

……否、正確には展開しようとしたのだが。

「これ、魔力の扱いが雑すぎるぞ！　生娘のように綿菓子のように、より丁寧に扱うがいい！」

「えっ、ええ？」

「集中せぬか、魔力が霧散するぞ！」

「あっ、ちょっ……!?」

クズノハの言葉に気を取られていた間に、手のひらに集めていた魔力は大気中に逃げてしまった。

「いやもっと丁寧に扱えって、具体的にどんなふうにだよ!?」

「生娘や綿菓子のようにと言ったであろう！」

「綿菓子って何だ……!?　もしかして東洋の菓子とか？」

「ええい、男が細かいことを気にするものではないぞ！」

……と、このようにクズノハはこと魔術の鍛錬になると普段の鷹揚さが消滅するらしく。

それからはクズノハに魔力を補充してもらいながら、休む間もなく魔術の手ほどきを受けていた。

途中マイラが心配気味に「少しは休ませてあげた方が……」と言ってくれたが、クズノハの「まだだ、まだ攻められる」という強気な言葉と雰囲気に一蹴されてしまっていた。

そして鬼の修行は、日が暮れた後も続き……。

「あ、お兄ちゃん！　帰ってきたんだねー！　遅いから心配したよ……って」

「ふむ、まだまだ修行は必要だが、やはり人間にしては気骨がある方だな」

「そ、そりゃどうも……だ……ぐふっ」

疲労困憊《ひろうこんぱい》になり、九尾姿のクズノハの背に乗せられて帰ってきたこちらを見て、ローアは声を上げた。

「お、お兄ちゃーん!?」

「……やっぱり、止めてあげるべきだったわね……」

マイラが頭痛をこらえるように額を押さえたのを見た後、すぐに半ば気絶気味に眠ってしまったので、この日の晩の記憶はほぼないのだけれど。

後から聞けば、涙目のローアが俺をクズノハの背から取り返し、一晩中抱きついていたらしい。

なお、その光景をやれやれと見守っていたフィアナたちは、クズノハの「無茶をさせたのは謝るが、これもそやつのためを思ってだな……！」と一晩かけてローアに謝っていた姿もばっちり見ていたのだとか。

――魔術はもっと使えるようになりたいけど、鍛錬も大概にしよう。

翌朝、延々とクズノハにジト目を向けるローアを見て、そう心に誓うのだった。

「……というか、昨日の晩は泊まっていたんだな」

「当たり前であろう。修行で夜も更けていたのでな。……それとも何か？　か弱き乙女である妾に一人夜道をゆけと申すか？」

昨晩こちらが倒れるまで鬼の修行を続けた自称か弱き乙女は、何か不思議な点でも？　と言いたげな雰囲気を醸し出しながらお茶を啜っていた。

「か弱き乙女、ねえ。少なくとも数百年は生きている九尾が一体何を……あいたぁ!?」

俺さえ突っ込まなかった野暮を言ったばかりに、フィアナはクズノハの手刀の餌食となった。

超高速の手刀を食らったフィアナは机の上に突っ伏していて、手痛い反撃を食らった後頭部を抑えて身悶えていた。

「あらあら、今のはフィアナが余計だったわね」

くすくすとひとしきり笑ってから、マイラは言った。

「それで【呼び出し手】さんの修行の件だけれども。そんなに魔術の上達を急がなくてもいいんじゃないかしら？　今までだって魔術なんかなくても上手くやってきていたのだし。何より……」

マイラが視線を移した先には、俺の膝の上でクズノハが持ってきた茶菓子を齧るローアの姿があった。

「またローアがむくれても困っちゃうものね」

ローアは唇を尖らせた。

「だって、お兄ちゃんが倒れるほど修行しなくたっていいと思うもん」

「それについては悪かったと言っている……あまり睨むな。お主は幼くともドラゴン、圧力が半端ではないぞ……」

クズノハは両手を上げて降参の意を示した。

それからローアは立ち上がって、一言。

「悪いと思うなら、クズノハは今日一日お手伝いね？」

「お手伝い……？」

ローアはこくりと頷いて、窓の外に広がる畑を指差した。

「収穫のお手伝いとか。あんなにいっぱい実っているから、少し手伝って欲しいかなーって」

「あ、それ名案かも。そろそろ一気に収穫しないといけない頃合いだったたし、水やりや雑草抜きも手伝ってもらえると楽だしさ」

フィアナは頭を上げ、クズノハを見てにやりと笑った。

……頭に一撃もらったこと、フィアナも地味に根に持っていたようだった。

なお、当のクズノハは妙に慌てふためいた。

「お、お主ら!?　九尾の妖狐たるこの妾に肉体労働をせよと申すか！　それにこう言ってはなんだが、この姿では一般人にも劣る筋力だぞ!?　ついでに最近座ってばかりで余計に……！」

「あらっ、そんなに運動不足なら丁度いいんじゃない？」

「うぐっ……！」

横から刺さったマイラの正論に、クズノハは呻《うめ》いた。

それからうなだれるクズノハはローアとフィアナに手を引かれて「「よいしょ、よいしょ」」と家の外へと強制連行されていった。

なお、その際クズノハが口にした「もう、好きにせよ……」は何とも哀愁漂う一言だった。

「……少しだけ、可哀想だったかもな。本を正せば俺のために修行をつけてくれた訳だし」

「そう？　でもクズノハが運動不足気味なのは本当のようだし。ある意味クズノハにも修行が必要ってことでいいのではないかしら？　少しくらい彼女も肉体的なギリギリを攻めても、ね？」

にこりとして言ったマイラの様子から、一つ感じた。

——ああ。クズノハの天敵って案外、マイラかもしれないな……。

「……みゃーぉ」

顔色から俺の思いを悟ったのか、ミャーの同意するような鳴き声が小さく聞こえた。


「こうして見ると、随分と作物を育てておるな」

外へ出るとクズノハは先ほどの様子から一転して、関心したように呟いていた。

「確かに我が家で育てている作物は、かなり多い方かもしれないな」

目の前に広がっている畑の規模は一応そこそこの農園並みだ。

クズノハが驚くのも無理はないかもしれなかった。

「いや、作物の多さも驚きだが、これら全てを維持しているというのも驚きだ。一体どうやって……

ふむ」

「おっきくなぁれー！」

クズノハが見つめる先では、ドラゴンの姿になったローアが空から畑へと神獣の力を振りまいていた。

「地脈から力を汲み上げ、ローアが畑へ注いでおると。それで作物たちがすくすくと育っているのか、流石はドラゴンだ」

「ちなみにクズノハにも似たような技ってあるのか？」

興味本位で聞いてみると、クズノハは「無理だの」と即答した。

「地脈から力を汲み上げるのは、ドラゴン特有の能力。これればかりは他の何者にも真似できぬし、縄張りを持つがゆえにそれを豊かにするための権能と言えよう」

「言われてみればだな……」

ドラゴンは縄張りを持ってそこに一生住むと前にローアから聞いた。

それなら自分の住処をよりよくするのは当然だし、それを可能にするのが地脈から力を汲み上げる能力だと。

「しかしまあ、その代わりにドラゴンにできないことが妾たちにはできたりもする。一長一短というやつだな」

クズノハが腕を組んでもっともらしくしていると、その肩をフィアナが軽く叩いた。

「話はそれくらいにしておいて、早く作業を進めるよ。ローアも降りてきなよー！」

「分かったよー！」

それから各々手分けして、作物の収穫、他に水やりや雑草抜きに取り掛かった。

途中、作物を運ぶクズノハが「こ、腰が……！　もう限界……!!」と訴えてきたが、即座にマイラが能力で治して「これでいけるわね？」と微笑んでいた。

休めると思っていたらしいクズノハはげんなりとしていたが……やはりマイラはクズノハの天敵らしかった。

それから作業を続け、夕暮れ時。

「……はぁ、はぁっ……！　この規模にもなると、収穫するだけでも一苦労か……！」

作業を終えたクズノハは木陰でへたり込み、もう一歩も動けなさそうだった。

「お疲れ、でもクズノハのおかげでかなり捗《はかど》ったよ。やっぱり人手が多いと作業も早く片付くし、気が向いたらまた手伝って欲しいな」

「……本当に気が向いた時だぞ」

腰を抑え、どこか拗ねた様子のクズノハ。

「そんなに重労働だったのか？」

「当たり前だとも！　妾の体力のなさを舐めるでない」

「そこ、威張られても困るぞ」

冗談とも本気ともつかない物言いに、軽く笑ってしまった。

「けどさ、こういう農作業も案外悪くないだろ？　クズノハ、結構いい顔してるぞ」

「ふむ……そうか？」

「ああ、体を動かしてすっきりしたって雰囲気だ。心なしか毛艶もいい気がする」

「よいよい、存分におだてよ。何も出ぬが、妾も嫌な気分ではないぞ」

クズノハは尻尾を振って、耳をぴこりと動かす。

「近頃はこうして妾を讃える言葉を耳にする機会も少し減ったからな。ここは異郷ゆえ、それが自然ではあるが」

「やっぱり東方にいた頃は、人間からの評判はよかったのか？」

「東方にいた頃『も』だ。……今は医術師として重宝されておるが、かつては土地神として崇められておった。よく油揚げを供えられたものだが、この国に来て後悔があるとするなら、やはり油揚げを口にできなくなったことかの」

クズノハは懐かしげに語りながら、小さく笑みを浮かべていた。

「土地神って、やっぱり人間を助けたりもしていたのか？」

「そうさな。日照りの時は雨を注がせ、冷夏の際は熱をもたらし、天変地異には警鐘を。……こちらの神獣と違い、妾たち東方の者は生活圏が人間と被ることも珍しくはなかった。寧ろ、一部は共生関係にあったと言ってもいい。だからこそ助け、返礼として供えをいただく。言ってしまえば、妾たちと人間の関係とはそういうものだった」

「こっちじゃあまり想像もできないな……」

何せドラゴンは険しい山奥、不死鳥は火口、ケルピーは水の中に住まう。

こちらの神獣とは生活圏が被るどころか、人間が侵入できない場所が大半だ。

「……ちなみにクズノハ、さっきから故郷の話だけどさ。やっぱり帰りたく思ったりもするのか？

たまには故郷にいる仲間の顔が見たいなーとか」

聞くと、クズノハは首肯……しかけて何故か止まった。

「どうかしたのか？」

「う、うむ。妾も素直に帰りたいと、一瞬、たった一瞬のみ思ったが……」

クズノハは若干顔を青くして、声を震わせた。

「……故郷に戻った瞬間に師匠に折檻《せっかん》されると思うと、怖くて戻りたいとは頷けぬ」

クズノハはどこか遠い目になった。

「それ、いつまで経っても故郷に帰れないやつでは？」

「然り、然り……。……然りぃ…………」

掟を破ったせいで二度と故郷の土を踏めなくなったかのような雰囲気のクズノハ。

これはもしや、自分が生きている間は帰れないのではなかろうか。

……反応を見る限りだとそう思えてならないが、ある意味自業自得なので普通に仕方がなかった。

「ぷはぁ～、生き返るぅ……」

我が家の温泉に浸かりながら、ふぅと息を吐く。

熱い吐息と一緒に、疲れが口から出ていく気分だった。

「今日もいい湯にいい夜空。温泉を作るって考えは冴えていたな」

満天に散らばる星々を眺めながら、岩肌に寄りかかる。

手足を伸ばしてコリをほぐし、脱力。

「ああ～、これで明日も頑張れるぞ～」

「うむ～、そうだの～」

「……ん？」

今、何か聞こえてはいけない声がした気がする。

声のした方へ、ゆっくりと首を回してみる……と。

「ここは本当にいい湯だな。妾の故郷にもこれほどの名湯、数えるほどしかなかったぞ」

息がかかりそうな距離に、張りのある肢体を晒すクズノハの姿があった。

「うおっ、クズノハぁ!?」

思わず飛び上がるようにして距離を取ると、クズノハは顔をしかめた。

「これ、飛沫を飛ばすな。それにその顔は何だ。せっかく湯を共にし、肌を見せておるのだ。ここは気の利いた言葉の一つでも言うべき場面ではないか？」

「お、おお、肌も真っ白で凄く綺麗……じゃなくて!?　クズノハ、さっきまでいなかったよな……いや、また姿を消していたのか！」

あまりに温泉が気持ちよすぎて、クズノハの気配に気づけなかった。

クズノハはいたずらが成功した子供のような笑みを浮かべた。

「むふふっ。これで王都でのリベンジは果たせた、満足だ」

「王都……まさかとは思うけど、最初に見破ったのを根に持っていたとか？」

「そこまでではないが、神獣の意地としてはやられっぱなしも性に合わぬゆえ」

「そんな適当な……」

呟きながら、後ろを向く。

するとクズノハは不満げな声を漏らした。

「これ、妾はこっちにおるのだぞ」

「だからこそだよ。女の子の裸はまじまじ見られないし、ローアたちと入る時だってタオルを巻いてもらっているからな」

ついでに俺も、そういう時は下にタオルを巻いている。

……さっきまで一人風呂だったので、当然今は何も付けていないけれど。

「ともかく、一緒に入るなら頼むからタオルとかで隠し……」

「隙ありっ！」

「んなっ、いつの間に前に!?」

また姿を消していたのか、クズノハは気づいた時には目と鼻の先にいて、飛びついてきた。

クズノハの体は華奢な割に柔らかくて、いい匂いもする。

突然の出来事に、目を白黒とさせてしまった。

「わっぷ!?　ちょっ、これは洒落にならないって……！　……ん？」

クズノハの甘い匂いに混じって、独特の匂いがした。

「……これ、酒の匂い⁉　もしやマイラの時と同じ流れか⁉」

「マイラぁ……？　何があったか知らぬが、妾は土産に持ってきた酒を少し味見しただけだが……？　……ひっく」

「それが同じって言っているんだよ……！」

間違いない、クズノハは酔っている。

それも疑う余地もなく、悪酔いの類である。

——というより、神獣って意外と酒に弱いのか⁉

そんな疑問を挟む暇もなく、クズノハはくっつき続けていた、全裸で。

「いやクズノハ落ち着いてくれ、こんなところローアたちに見られたら……！」

「お兄ちゃん、何か騒がしいけど大丈夫？　今からわたしたちも入る……けど……」

「……あっ」

あまりにタイミング悪く、ローア、フィアナ、マイラが脱衣所から出てきた。

それからローアが頬を膨らませて、ぴょいっと飛びついてきた。

「ずるいずるいずるーい！　わたしも抱っこー！」

「おっ、あたしも便乗しておこっ！」

クズノハに対抗心を燃やすローアに、雰囲気で悪ノリしているフィアナ。

いよいよ収拾がつかなくなりそうな気配を感じ、即座に二人に言った。

「ローアもフィアナも落ち着けって、今はこの酔っ払いを引き剥がすのが先決……どあーっ!?」

「えぇい、誰が酔っ払いかぁぁ！　妾はいたって正常だともっ！」

「言ったな!?　酔いが覚めてから恥ずかしがるなよ!!」

何を思っての行動なのかは分からないが、クズノハは一向に離れようとしなかった。

それどころか、抱きつく力を強めてくる。

——もしかしたら、九尾はこういうスキンシップを取る習慣があるのかもしれない。

そんな馬鹿なことを思っているうちに、タオルを巻いているとは言えローアとフィアナにも張り付かれ、遂に身動きが取れなくなった。

若い男としては、非常にまずい状況だ。

「マ、マイラ。頼む……！」

最後の良心であり、我が家の三人娘で最も落ち着きのあるマイラに助けを求めてみる。

……けれど。

「ふふっ、ごめんなさい。今日はわたしも、皆と同じように甘えたい気分なの」

「えっ、ちょっ……!?」

マイラは温泉に入り、すっと寄り添ってきた。

……その後。

俺は温泉に入りながら無理矢理に魔術を扱い、自ら魔力切れして気絶した。

——ヘタレと思うことなかれ。皆と一緒に寝るのはいいけども、タオルなしやら密着やらで女の子と温泉は刺激が強すぎると思うのです。

そんなことを自己暗示気味に思いつつ、皆の暖かさを感じながら意識を手放していった。

翌朝。

窓から差し込んできた朝日で目を覚ますと、何やら体が重いことに気づく。

顔を上げて見れば、胸の上でローアが重なるように眠っていて。

フィアナ、マイラ、クズノハもぴったりと寄り添うように寝ていた。

どうやら意識を失った後、自室に運び込まれていたらしかった。

「……本当、ベッドを大きく作り直して正解だったな」

半ば苦笑しつつそう言ってから、俺は「朝だぞー」と四人を起こす。

──今日は一日、皆と一緒に何をしようか。

そんなことを、思い描きながら。

# 俺の転生職人ライフ

**1～3巻好評発売中&コミカライズも進行中!!**

魔神幼女・ベリアルの騒動が一段落したのも束の間。今度はベリアルを連れ戻しに新たな厄災がやってきた⁉　ウサ耳&ダイナマイトボディの美女（かつ高飛車で露出過多で百合属性で面倒くさい系）魔神・フェイラスの魔の手が迫る中、食費を稼ぐため冒険者となるベリアルと、アイテム強化でフォローするアリト。そしてのんきに海水浴を楽しむドラゴン娘（3人）。魔神との一触即発&街消滅のピンチを救うことはできるのか⁉

UG016
ドラゴンに三度轢かれた俺の転生職人ライフ
～慰謝料（スキル）でチート&ハーレム～3
著：澄守彩　イラスト：弱電波
本体 1200 円＋税　ISBN 978-4-8155-6016-4

# ドラゴンに三度轢かれた
# 〜慰謝料でチート&ハーレム〜

冒険者を目指すも40歳を過ぎてもうだつの上がらない俺は、ある日ドラゴンに轢かれて死んだ。お詫びに転生させてもらった二度目の人生でも、ドラゴンに轢かれて死んだ。今度こそはと挑んだ三度目の人生も、やっぱりドラゴンに轢かれて死んだ。四度目の人生はもっと堅実に生きよう。

そうだ……アイテム強化職人を目指そう。人間のレベルを超えた凄まじいスキルがいつの間にか備わってるし、なぜか美女がいろいろ世話を焼いてくれるし。

すごく順風満帆だし……。

**UG004**
**ドラゴンに三度轢かれた俺の転生職人ライフ**
**〜慰謝料（スキル）でチート&ハーレム〜**
**著：澄守彩　イラスト：弱電波**
**本体1200円+税　ISBN 978-4-8155-6004-1**

ドラゴンに3度轢かれて3度転生し、4度目の人生を送る職人・アリト。謎の美女（＝ドラゴン娘3人）から慰謝料代わりに与えられた能力のおかげで「アイテム強化ショップ」を立ち上げたものの、毎日が大忙し。新商品の開発に〝謎の黒騎士〟としての活動、妹・リィルの友達のお世話に、性格もランクも〝S〟な美少女冒険者の登場、ドラゴン娘は〝アレ〟になっちゃうし、〝魔神〟ベリアル（幼女）は鎧を取り返しに来ちゃうし……。それでも職人ライフは順調（？）です‼

**UG008**
**ドラゴンに三度轢かれた俺の転生職人ライフ**
**〜慰謝料（スキル）でチート&ハーレム〜2**
**著：澄守彩　イラスト：弱電波**
**本体1200円+税　ISBN 978-4-8155-6008-9**

最強等級「終止符級」の実力の持ち主ながら、等級試験で最底辺の「空白級」に認定されたことで自らの強さを知らぬままボロアパート「イナリ荘」大家の仕事を引き継ぐことになった主人公・オルゴ。しかし、実はイナリ荘は世界を滅亡させるほどのモンスターが無限リポップする〝ラスボス手前の超危険地帯〟だった‼　まるで蛾でも殺すかのようにラスボス級モンスターを退治するオルゴ。そう、これは自らの強さに無自覚な最強大家さんが可愛い住人たちとのスローライフを楽しみながら世界を滅亡の危機から救う物語である。

UG018
ラスボス手前のイナリ荘
～最強大家さん付いて〼～
著：猿渡かざみ　イラスト：カット
本体 1200 円＋税　ISBN 978-4-8155-6017-1